KB261919

신의 전당포

God's Pawnshop

신의 전당포

이덕자 시집

문학세계사

이제사 시詩를 다시 쓰게 되었다. 내 문학은 시로 시작된 것이었지만, 어느 날, 나는 내 운율 속에 담긴 의미들이 거의 완전한 형태의 수사학 속에서도 나를 감동시키지 못하고 있는 비극을 경험했다. 그건 경험 속에서 빚어진 의미를 가능케 하고, 사랑 속에서 교통하고, 그리고 종교적인 관여로 죽음과도 특별한 관계를 맺게 하는 영혼, 그 영혼이 내게 결핍되어 있어서였다. 그리고, 늦게나마, 장물臟物의 경험을 전혀 허용치 않는, 천 번의 죽음을 죽이고 살아남는 그 고독한 고통과 시련의 odyssey를 요구하는 영혼의 울부짖음이 시라는 것을 뼈저리게 느꼈을 때, 나는 우선 시를 떠나기로 했었다. 그리고, 내게 주어진 항해를 어느 정도 견디어냈을 때, 몇 줄의 아름다운 시구를 쓰겠다는 욕구로, 단지 그 욕구로, 다시 찾아오겠노라 약속하고 시를 떠났었다.

그렇다, 나는 불행했어야 했고 그리고 불행했었다. 그래서인가, 나는 아직 불행하지 않은 시인을 본 적이 없다. 내가 좋아하는 시인들은 모두 불행했었다.

그리고, 아름다운 노래가 어떻게 탄생되는지……

내 인생의 그 무서운 고통과 시련의 여정을 거치면서, 내 넋이, 내가 사랑하는 넋들과, 그리고 내가 증오하는 넋들과 치열한 마찰을 일으키는 것을 보면서, 비로소 내 영혼이 자활체自活體로, 상상력의 기질基質 substrate로 어느 누구도 흉내낼 수 없는 특유의 몸부림으로 울음을 쏟는 것을 보았을 때, 비로소 나는 행복을 느꼈다. 그래서인가, 나는 아직 행복하지 않은 시인을 본 적이 없다. 내가 좋아하는 시인들은 모두 행복했었다.

2013년 여름 이덕자

Baudelaire confesses, "…and you, Lord God, grant me the grace to compose a few beautiful verses which will prove to me that I am not the lowliest of men and that I am not inferior to those I despise."

이 시집을
이헌구 교수님 영전에
그리고
나영균 교수님과
이어령 교수님께 바칩니다

이덕자 시집 ──────────

| 차 례 |

I

III

I

가엾은 손

손이 사라진 손금의 길을 그대는 걷고 있다
(철 이른 눈발이 날리고 있다)

병든 생각을 어느 병원에 입원시켰는지 기억에 없다
(단지 그 병동 담벽에 기대앉은 하얗게 센 머리카락 몇 개
가 철없이 부는 바람을 만나자 새처럼 날겠다고 버둥대던
그 슬픔만 눈에 서린다)

태초엔 두레박이 풀 수 있었던 갈증이었으리라
(갈증의 성장은 손에 무서운 카드를 쥔 정계곡예사들의
아슬아슬한 도박도 따라붙기 힘들었다)

당신아, 여기는 볼티모어 항구다
(에드거 앨런 포우의 자정에 찾아온 까마귀가 지금 풋볼
이 되어 뉴올리언스로 날아가 슈퍼볼을 겨루었다
시詩가 세상을 정복한 기쁨을 알린다 그 승리도 알린다)

그보다 What Is Thought?
(내 지력은 과학적이 아니다 DNA도 컴퓨터 프로그램도
소박성에 대한 이론도 단지 sea of darkness로 내게 탄생된
다)

그 망망대해에서 살려고 항구에 서서 배를 기다리고 있는
게 아니다
　(단지 당신의 손금을 기다리고 있는 가엾은 빈손이어서
다)

간지러운 속삭임

눈뜨세요 불전佛殿 등불이 혼자 우는 밤새들의 내용을 벗기는 시각이에요

당신은 어쩜 오늘 밤 울게 될지 몰라요 여기 당신이 눈물로 만들 강에 띄워질 배는 준비되어 있어요

장다리물떼새 알죠? 그 빨간 긴 다리들의 짝짓기 사랑싸움 잘 아시잖아요 그 싸움 잦았던 조선소에서 만들어진 배예요 실수를 겁내지 말아요 특히 잃는 것은 더욱더 겁내지 말아요 그래도 겁나 미칠 것 같으면 이마를 쪼개봐요 표백제 사용해 지운 그 기억이 혹시 그 속에 살아 있을지 모르지요 비린내가 나더라도 좀 참고 그 기억의 귓밥을 꼭 잡으세요 자갈치시장에서 번 돈이라 믿으면 되잖아요

자, 나갑시다 코트를 걸치세요 경칩은 아직 멀었어요 안개에 약하신 줄 알지만 턱과 이빨에 아직 맹독이 묻어 있는 건 안개가 숨겨줘야 하잖아요 알아요 당신이 다 포기하고 다 이해하고 단지 손수건 한 장만으로라도 행복해지겠다고 발버둥칠 때 신은 그 한 장의 보잘것없는 손수건마저 찢었다는 것을

어느 동아리도 당신을 받아주지 않았지요 동박새가 찬바람 부는 감나무에 앉아 홍시 드시는 시간이라고

그리고 말예요 저번처럼 실수하지 마세요 저번엔 절벽에 구멍을 뚫고 둥지를 트는 물총새의 사연은 듣지 않고

그 입에 물린 생선한테 엉뚱한 연민의 정을 품으셨잖아요
그 물고기의 푸른 살갗이 당신을 바다로 데려가지 못한다는
것을 이제는 아시겠지만요 우린 그 절벽의 새가 뚫어놓은
구멍 속으로 단지 불전 등불이 밝혀줄 그 희미한 빛 하나를
의지하고 한없이 멀고 깊은 어둠 속으로 들어가야 당신을
울게 하고 그래서 당신을 오랜 병동에서 탈출하게 할 혼자
우는 밤새의 내용을 듣게 돼요 아시죠? 간수看守의 살해로
탈출이 불가능하다는 것을 벌레들이 굼틀대는 지난 경칩에
알았잖아요 그리고 몇 푼의 월급에 수없이 태어나는 간수들
을 당신은 못 당해요 단지 당신의 그 처절할 울음만이 당신
을 이 지긋지긋한 병동에서 탈출시켜 줘요

오늘은 산중턱 벼랑의 절개지에 구멍을 파고 둥지를 트는
청호반새를 찾아가자고요? 그건 여름새잖아요

그래요 벼랑 앞에선 오버를 잠시 벗지요 위선을 벗듯 말
예요

허나 그 붉은 주둥이에 찍혀 있을지 모를 개구리의 발버
둥을 외면할 수 있겠어요? 그러죠 가기 전에 야밤에도 장사
하는 카페에 잠시 들르죠 언제나 살아 있는, 이젠 울지만 않
고 배부르게 킬킬대기도 하는 굶주림을 먼저 만나보고 가죠
그럼 개구리가 잡아먹히는 약육강식의 비극이 이해되어 청
호반새의 비위를 건드리지 않을 수 있어 그 구멍의 어둠 속

으로의 순례가 허용되겠지요

애인의 욕망을 채워주기 위해 범죄를 저지른 사나이의 비극도 슬프긴 해요 허나 심장의 정조마저 삶한테 강간당했던 당신에겐 어림없지요 너무 사랑해 겨자씨의 고 작은 배반도 못 견뎌 애인을 살해한 과격한 성격의 그 여인 얘기도 슬프긴 해요 허나 싹틀 가망 없는 심장의 시체를 수거하지 못하고 사는 당신에겐 역시 어림없지요 오븐에 머리 디밀고 죽은 시인의 사연엔 아직 내가 이름을 못 붙여준 당신의 슬픔이 더 높은 순위에 있다고 고집하네요 아, 탈출이 아니더라도 어쨌든 당신은 서둘러 울어야 해요 인공눈물마저 포기한 눈물 마른 당신의 눈은 이제 벌겋게 짓물러 여름 고등어로 소금에 생매장당했다가 어느 바비큐 그릴에 화장당할지 모르죠 오늘 밤 공포를 한번 미화시켜 보세요 허무에 추태를 부리는 감정과도 화해를 하세요 야망에 젖을 물리고 앉은 장님들을 절대로 질시해서는 안돼요 자기를 버린 만족들이 뒹구는 어둔 뒷골목을 지날 때는 태연을 가장하세요 만족은 자기를 버리지 못하지요 그러니 그것들은 시체와 다를 바 없어 계산된 테크닉도 이해 못할 뿐더러 성공의 한복판에서 미래의 실패가 무서워 떠는 인간 심리의 상식도 이해 못하겠지요

아, 굴 속이 생각보다 춥고 어둡네요 코트를 다시 걸치고

등불을 좀 높이 드세요 섹스와 돈과 살해에 매혹되었던 저
흔한 혼魂들에게 너그럽게 동의를 표하세요 그렇지 않으면
급성장한 어느 성공에 비늘처럼 벗겨져 내린 희생자들이 당
신의 살갗에 아귀처럼 달라붙을지 모르죠 저 사내아이의 울
음을 외면하시는 건 이해해요 20년 후의 배반을 당신은 또
당하고 싶지 않겠지요

　아, 점점 어두워지고 점점 추워지네요 이제 더이상 저는
당신과 가지 못해요 당신 대신 울어줄 수 없듯

　혼자 가서야 해요

나 대신 울어다오

그래, 나 대신 울어다오 너라도
새가 아니고 개라도
그것이 울음이 아니고 짖음이라도
나는 것의 도가머리에만 시가 없었던가
나그네야, 여기는 유배지니
신의 변덕이 심하니
인간의 실수가 빈번하니
내가 아무리 내 미모를 주장해도
나는 거짓말 능숙한 흉한 괴물이니
천 번의 죽음을 죽이고 살아나도
백당나무 꽃 찾아 날개칠 짐승은 못되니
단지 온몸에 분홍꽃 피는 열꽃나무니
전생의 큰 과보로 울음도 아니 되니
가슴 속에 담을 수 없는 노래로 죽게 되니
그래, 나 대신 울어다오 너라도
시인이 아니고 죄인이라도
그것이 노래가 아니고 잡음이라도
내가 그댈 어치새라 섬길 테니
그래, 나 대신 울어다오 너라도

기억의 시체를 붙들고

이제는 널 묻어야 할 것 같다
가슴에 비가 계속 내려 쏙독새로 그 밤을 계속 울어도
아아, 거기 개밥바라기 별이 뜨는 곳에 이젠 날아가지 못
하리
점봉산 곰배령이었다 하얀 개구리발톱 꽃이
자기들 목을 매달던 그 가녀린 줄기로
그의 혼과 내 혼을 잡아매주던 곤줄박이 소리 요란하던
이별의 계곡이,
그 계곡에 하얀 까마귀가 날고 있었다
죄짓지 않은, 썩은 고기 먹지 않는
그날, 내가 노아에게 홍수 잦았다는 희소식을 지체한 건
그리고, Ovid의 Metamorphosis의 아폴로 신에게
변심한 애인의 소식을 전해야 했던 건
사랑의 고통 잊게 하는 묘약을 찾아 헤매서였고
나 또한 망각이란 마약을 종교로 섬겨서였다
아, 기억한다
눈에 귀신 보인다는 법사가
약초꾼의 배낭에 든 귀신들의 사연을
억새풀로 어우러진 산 속에 온갖 잡새들의
촉발된 울음으로 환생시켜 취나물 뜯는
아낙네들의 철없는 살을 파먹게 하던

겁나기만 하던 내 그 때 그 무죄無罪의 심장을 또한,
이제는 널 묻어야 할 것 같다
뇌 속에, 아직 내 절규의 메아리로 그의 위치를 알아내는,
미로 속에 육신으로 살아 있는 널 잡아먹는 육식의 밤새로
계속 변신해도
아아, 거기 울컥울컥 토해진 사랑의 토사물로 끈끈이대나
물꽃이 피어도
벌받은, 썩은 짐승고기 영원히 먹는 검은 까마귀가 나이니
뇌성마비로 잘못 걸어들어가는 내 다리로
나는 이미 배낭에 든 귀신의 울음이니 그리고 너는
천마天魔산의 악귀로 변신하니 내게 살해를 꿈꾸게 만드니
네가 더 추해지기 전에 내 손에 피를 묻히기 전에
이제는 널 묻어야 할 것 같다

노란 집에 나와 같이 살던 형

형刑이여 기억하는가, 그 해 겨울을, 온다는 엽서도 없이 형이 무작정 날 찾아왔던 그해 겨울을, 내 사지를 마른 나뭇가지마냥 부러뜨려 내 목에 닭뼈로 찔러넣어 날 컥컥대게 만든 겨울을, 내 혀가 찾는 말은 전혀 타당성이 없고 내 마지막 한 송이 꽃도 내 얼굴에 뱉어진 침 속에서 목말라 죽었던 겨울을.

그뿐이던가. 금붕어들이 금金을 잃고 누렇게 퉁퉁 부은 배때기만 내 연못에서 보일 때

내 설움 애무해 주던 그 낱말들마저 시궁창으로 행로를 찾아 떠나던 그해 겨울을.

너무 답답해 집의 색채 잡아뜯어 형에게 저항했었다 갑자기 너무도 공허해지던 그 노란색의 현기증을 형도 안쓰러워 했었다 형이여, 그때

내가 몇 번을 물었던가? 내 죄는 왜 참회를 외면하느냐고, 내 실수는 왜 수리가

안되느냐고, 저렇게 세상에 행복한 죄인들이 많은데 왜 나는 헛간에 갇힌

생쥐로 농부가 바닥에 흘려놓은 겨울 가랑비의 음모를 핥으며 취해 울어야 하는가를,

형이여, 그때 고마웠었다, 가시풀로 관을 만들어 내게 씌워주면서, 내 얼굴에

흘러내리는 피를 보면서, 형, 당신이 찾지 않는 생은 살
가치가 없다고 날 포옹했었다.

소망所望

희망은 가끔 왔으나 언제나 머물지 않는 객客이었다

돌아서는 그 등을 볼 때마다

나는 안타까움을 못 이겨 무언가를 죽여야 했다

그리고 그 시체를 햇빛 들지 않는 깊숙한 내 골[腦] 속의 밭
에 심었다

그리고 앵두빛으로 빨간 살갗의 꽃이 피기를 원했다

그것은 어제도 왔다 그리고 어제도 내게 등을 보였다

어제 오직 내게 살아 있던 건 하나밖에 없던 그 오래된 사
랑이었지만

돌아선 그 등을 본 내 안타까움은 불가항력으로

신神에 대한 경험이 다소 있었음에도 불구하고

통제없는 발작으로 내 생명에게 먹이를 주던 그것을 죽여

야 했다

　그리고 그 시체를 내 골[腦] 속의 밭에 심었다

　나는 이제 죽게 되고 더 이상 밭주인은 아니겠지만

　마침내 그 시신에서 앵두빛으로 빨간 살갗의 꽃이 피리
라!

고백

　여기가 어딘가 내가 어디에 누웠는가 꿈인가 압핀으로 어디에 꽂혀 옴짝달싹할 수가 없다 오 저 깃 다 뜯긴 새는 무엇인가 왜 내 옆에 눕는가 입에 문 가새풀은 누구의 죽은 시체가 키운 욕정인가 엉? 그 나무의 정체가 뭐냐고? 나는 모른다 내 골 속에 사는 그 나무의 정체를 나는 모른다 그러니 그 나무에 대해 날 고문하지 말라 그보다 깃 다 뜯긴 흉한 새야 왜 인간들이 고깃덩이로 변신해 푸줏간의 창가에서 대롱거리는가 다 견뎌도 저 빨간 등들은 못 견디겠다

　(그 나무는 너의 비극을 먹어야 산다)

No Place

한잔 걸치고 외롭게 빗속을 걷는 그대는 오늘도 갈 곳이 없다고 한탄한다

속에 숨긴 엄청난 비극을 이미 저 빗줄기들도 알고 있다 갈갈이 찢긴 네 넋은

이제 어느 바늘도 실도 짜깁기할 수 없다고 좌절한다

허나 여기로 오라!

그 찢긴 넋을 버리지 말고 잘 움켜잡고 오라

티켓을 보낸다 산철쭉으로 울음에 피고 있는 그대는 우리들 눈에 지극히 아름답다

분노에 타고 있던 콜로라도의 여름 숲을 그대는 기억하느냐? 뻘겋게 불붙은 나무에 앉아 기필코 제 노래를 마저 부르겠다고 고집하던 그 미친 새들도 기억하느냐? 그 고독을, 그 죽음을 그대는 기억하느냐? 그 외로움에서 재생된 우리들이 여기에서 그대를 기다리고 있다

와서 노래 불러 달라! 우리들을 패敗하게 하지 않을 그대의 고운 노래를,

아, 우리들은 그대를 원한다

아, 우리들은 그대를 갈망한다

그런데 그대가 갈 곳이 없다니, 그런데 그대를 아무도 사랑하지 않고, 아무도 원하지 않는다니, 그대야, 언제까지 포장마차의 비애를 주워먹는 부조리 속을 헤매고 다닐 거냐

우리는 울고 울어 이제 통곡의 벽으로 성장했으니 와서
편히 기대어 통곡하라

갈 곳 없다 한탄 말고 여기로 오라! 여긴 가로등에 묶인
바퀴 숨진 자전거도 회오리바람 타고 승천하는 곳이다

여길 방황하는 쥐들도 쉽게 하수구로 빠지지 않는다 가끔
상수리나무의 권위를 만나기도 한다

그대야, 아무도 그댈 사랑하지 않는다 한탄 말고 산 나무
에 목매단 죽은 나뭇가지 하나 꺾어 신에게서 도망쳐 나온
이론 하나 끼워들고 비오는 거리에 보이는 행인들의 내면의
울음이 만든 강을 헤엄치는 선박을 타고 오라, 여기 티켓을
보낸다

그대 넋에 끈질기게 붙어 있는 질문들을 가지고 오라 그
것들이 여기선 아마 입을 열어 노래든 울음이든 소리를 뱉
는 새들로 둔갑하리라! 우리들이 모두 부러워하는 새들의
존재가 실상 얼마나 슬픈가를 그 새들은 그대에게 마침내
알려주리라!

오라, 그대야,

여기 쌓인 층계들이 그댈 욕구한다

지배를 넘어서고 흐름을 넘어서고 시대의 고집을 넘어서
듯

원한에 찬 형세들이 쌓아놓은 이 굳어가는 층계들을 그대

가 한번 넘어서 보라!

와서 의심해 달라!

의심하는 네가 있어 좋지 않겠는가

와서 까마귀들이 눈발처럼 휘몰아치는 매몰찬 자연을 거울 속에 던져보라

신 없이도 사고해 보라!

오라, 여기로!

육안으로 보이지 않는 여기로 그대야, 그대의 아직 팔 없는 개념이 여기에선 허용된다

장미가 장미라 불리우지 않아도, 산 닭이 죽은 닭으로 간주되어도, 뱉아놓은 껌이 더덕더덕 붙은 더러운 거리가 증오와 애착이 동의어인지 몰라도, 참된 혼에 빌붙어 살겠다 맹세하면 모든 기억들은 분수처럼 솟는 넋을 배급받고 살아 있는 추억들로 변신해 언어를 찾아 헤매게 된다

그대 눈물 속의 불타는 욕정이 된다

그대야, 주저 말고 여기로 오라! 티켓을 보낸다

그대의 섬

그대의 섬이 더 이상 환몽 속의 존재가 아니어서 괴롭다

그대에게 가겠다고 맨날 보따리를 싼다

아직도 기억하는 건 당신의 부드러운 목소리가 들려준 지
리地理다

내 희망을 미끼로 삶은 오늘도 슬픔 풀겠다고 한잔한다
나도 취해 자꾸 눈 앞에서 지워지는 지리地理를 잡으려고
울음을 작살로 던진다
허나 소용없다

지리地利를 알고 그리고 노를 저을 줄 알면 그 뱃사공이
악마라 할지라도
나는 그를 찾아가 내 뱃길을 부탁해야 한다
배삯은 이미 오래 전에 이끼 낀 자궁 속에 비장해 놓았다

(그대의 섬이 그냥 환상으로 바다의 신비에 떠 있을 때는
기쁘기까지 했었다
어느 구석에든 내 발들이 보여 시간표에만 신경을 쏘았었

다 이젠 더 이상 내 발들이 보이지 않는다 내게 남은 발은
오직 그것밖에 없다)

그대야, 간다

나 이제 기필코 간다 그대 섬으로

너는 더 이상 환몽 속의 존재가 아니다

고찰考察

　내가 아직 죽지 않고 있음은 죽음보다 더 무서운 고통을 견뎌야 하는 벌을 받고 있는 거라면 과연 내 죄가 진실로 무엇이기에 Samuel Taylor Coleridge의 The Rime of the Ancient Mariner라는 시詩의 이야기꾼 선원처럼 Albatross라는 그 거대한 죽은 새를 왜 내 목에 걸고 있어야 하는지 반드시 고찰해볼 일이다. 그 선원은 그 새가 안개를 몰고 와 그들의 행로를 위험에 빠뜨렸다고 오해해 신천옹을 죽인 죄로 죽음보다 심한 고통을 견뎌야 하는 벌을 받지만 나는 도대체 누굴 죽였는가? 피 흘리는 생명체가 아니었다면 무엇을 죽였는가? 만약 죽였다면 왜 죽였는가? 언젠가 진실로 가능했을 내 사랑의 실체를 죽였다면 그게 실상 내 탓이 아니어도 그 죄를 덮어쓰고 얻은 위로는 그와 내가 같이 살 운명이 아니고 같이 죽을 운명이라는 것, 그래서 죽을 때를 기다리는 은둔자가 되지 않았던가.
　잔인한 무의미를 수차 죽이려 했지만 그것들이 어디 죽어지는 존재들이던가!
　내게 원한 품은 송장들이 눈뜨고 아직 날 저주하고 있다면 어느 누구도 감히 눈뜨고 보지 않으려 하는, 세상에서 가장 흉측하고 치사한 것을 내게 보여달라!
　내 사지四肢를 잡아뜯는 쓰라림을 맛보면서라도 그 흉측하고 치사한 것에서 그 숨긴 참된 미를 결코 찾아내 그 흉측하고 치사한 것을 감탄하고 축복하리라!

　그래서 내 목에 걸린 내 무거운 벌이 풀리고 송장들이 다시 살아나 그들의 그리운 고향으로 그들의 그리운 사람들에게로 돌아갈 수 있다면 나도 방랑하는 유대인처럼 신천옹을 쏴죽인 선원처럼 죄의식에 시달리며 가는 곳마다 사람들 붙잡고 내 죄의 고백과 참회가 담긴 이야기를 들려주는 유랑자가 되리라!

탄원서 歎願書

고뇌의 새들만 수용하는 당신의 둥지에 제가 비었습니다
아직도 제 고뇌에 거짓의 기미가 보입니까?

가치있을 위험만 수용하는 당신의 바다에 제가 비었습니다
아직도 제 위험에 허우적대는 헛발들이 보입니까?

제게 선善이 그만큼 축소되어 있다면
누가 제게서 제 악惡을 그리 많이 파괴했단 말입니까?
선이 있어서 악이 있고, 악이 있어서 선이 있으니 말입니다

슬픔이 그림자처럼 따라다닌다면 그 그림자의 실체가 누구
인지 압니다
　제가 버거운 슬픔이어서 당신은 저를 피합니까?

　당신의 둥지를 그리워하며
　저는 제 둥지에서, 그들이 헛간이라 칭하는 제 둥지에서
　당신이 보듬는 당신의 새들처럼 고뇌로 울었습니다

　당신의 바다를 그리워하며
　저는 제 바다에서, 그들이 도랑이라 부르는 제 바다에서
　당신이 양식하는 당신의 위험처럼 제 힘을 실험했습니다

둥지의 벌레처럼 잡아먹히기도 하면서 또한
바다의 굴처럼 물을 통해서라도 늘 태양을 관찰했습니다

오직 당신을 사랑해서였습니다
저는 당신을 사랑합니다 제가 비어 있는 당신을 아직도

〈나〉를 떠나서는 우주가 없듯 제가 비어 있는 당신도 제
눈엔 비었습니다

얼마를 더 기다려야 당신은 저를 받아주시겠습니까?

갈증渴症

병의 물을 다 마시면
목마름이 얼마큼
해소되리라고 믿는가
오늘도 물병가街를
기웃대는 다리여,
하루는 늘 재촉에
쫓겨 쉽게 기울고
휴식처는 다 팔리고 없다
그대 다리와 작별한 팔은
오늘도 어둠을 기다려
사해死海 담긴 물병을
술병이라 속여
그대에게 판다

내가 그대에게 도착했을 때

내가 너무 일찍 너에게 도착했을 때 너는 하얗게 질린 긴
장 속에 서식하는 서캐들이 너의 두 엄지 손톱 사이에서 죽
음을 당하면서 최후로 만들어낼 멜로디에 흥분해 있는 7살
짜리 계집애였다 그 똑똑거리는 리듬에서 시時도 느끼고 시
詩도 느끼면서 영양실조의 노란 살갗에 앵두빛깔을 접목하
던 황당하기 그지없던 정신 좀 나간 계집애였다 전쟁을 방
금 치렀다고 했다 폭격에 무더기로 죽은 시체들을 언덕처럼
넘어야 했고 피난방에서 홍역으로 죽은 사내아이의 시체도
껴안아 보았다고 했다 사랑하는 자들을 잃은 애달픈 통곡들
이 너를 밤바다로 뛰쳐나가게 했고 너는 달이 바다에 빠진
줄 알고 대신 하늘의 달로 뜨겠다고 Horace Smith의
Ozymandias에게, 그 다음엔 경쟁심 붙은 P. C. Shelley의
Ozymandias에게 철없이 억지를 부렸었다. 너무 어려 시인
들의 시제詩題 인물이 폭군왕인 줄 알 수 없었다 그래서 무
無가 자랑이 될 수 있다는 것도 몰랐었다 어려운 시절이 철
없는 아이들의 성기부터 흥분시켰었다 미친 정신을 통하지
않고는 겪어지지 않는 경험들이었다
　내가 단지 그림자이긴 하지만, 단지 영零의 영影이긴 하지
만 주인의 발밑을 일생 동안 충실하게 섬긴 탓에 한 개의 파
닥거리는 입김으로 환생해 널 찾아갈 수 있었다 넌 우리들
의 슬픈 시체들이 밀려나간 해변가에서 조개는 줍지 않고

갑자기 불어올 돌풍에 요술을 걸고 있었다 돌풍에 안겨 그 작은 몸을 배로 띄울 수 있다고, 그래서 어디로 가겠다고, 바람을 맞을 수 있는 최적의 각도를 찾아가겠다고 투명한 석류알처럼 안달하던 계집애였다

내가 너무 일찍 너에게 도착했을 때 너는 손잡이만 남은 항아리를 그리워하는 눈뜬 봉사였다 안개를 물로 만들어 마시는 딱정벌레의 겉날개에 붙은 돌기를 보지 못했고 살해로 꽉 찬 뉴스를 건너오느라 팔 잃고 발 잃은 정서만 힐난했다 그것도 모자라 절망에 아주 그럴듯하게 붙어 빵마저 얻어먹겠다 했다 비대해지는 건 당연했다 그리고 날 네게 증오스럽게 붙어 있는 살덩이처럼 혐오했다 학대에 더 이상 견딜 수 없어 난 널 떠나야 했다

내가 너무 늦게 너에게 도착했을 때 너는 작게 균열되어 병균들과 함께 라일락 풍성한 병원 마당을 기세좋게 장악하고 있었다 네가 마저 못 죽인 서캐들이 이제 이가 되었고 너는 그들에게 복수를 당하고 있었다 기쁘게 피를 빨리고 있었다 어둠의 방향에 대해서 바람의 움직임에 대해서 묻지 않았다 새들을 가엾게 생각했다 날개 때문에 그 위험한 천공을 비상한다는 게 얼마나 고통스러울까 제법 큰 동정심으로 눈물까지 흘렸다 희망은 거들떠보지도 않았다 그것이 그

렇게 잔인해야 했던 사연에는 관심조차 없었다 Mama is
waiting for me, papa is waiting for me를 눈뜨면 시작해 눈
감을 때까지 읊조리는 치매중 여인의 무의식에서 음률을 찾
아낼 뿐 제물로 망자를 달랠 수 있을까 더 이상 회의하지 않
았다 기죽은 풀들에게만 물을 주어 살아나는 풀들을 별로
보지 못하고 있었다

내가 너무 늦게 너에게 도착했을 때 넌 날 잘 알아보지 못
했다 그냥 수줍어했다 그리고 내게 진 죄가 있으되 그 죄가
무엇인지 기억이 나지 않는 듯 슬슬 피해 달아나려 했다. 그
러면서도 꼬리를 걷어잡아 주머니에 넣지 못하고 질질 끌게
만들었다 내게 잡혀달라고 제 꽁무니에 달린 꼬리에게 애걸
하는 모습이 너무 외롭게 보였다 난 그때 또다시 널 사랑해
야 했다 네가 다시 유有를 사랑해 날 죽일지 모른다는 의구
심 따위는 네가 심은 그 뿌리 깊은 고독에 정체를 잃는 안개
였다 아무나 그렇게 고독의 뿌리를 깊이 내릴 수 없다 항아
리 잃은 항아리 손잡이의 고독이었다 너는

내가 너무 늦게 너에게 도착했을 때 비로소 넌 내 사랑을
받을 준비가 되어 있었다 난 네가 버린 너의 뜰을 찾아 발아
發芽의 기회를 기필코 접지 않은 한 알의 씨에게 내 마지막
입김을 불어넣어 내 사랑을 너에게 증명한다 내가 너무 일
찍 너를 찾아갔을 때 내게 보이던 7살 젖가슴의 열정을 풀

어보라 그 긴 여정의 고통으로 밤바다에 뜬 하늘의 달을 쏘
아 물에 침몰시키고 우리 둘은 더 이상 이별 말고 달로 떠서
같이 죽자!

이제 그대 얘기를 들려달라

그대 얘기를 들려달라!
그대도 나도 첨 태어난 고독자가 아니니
우리들의 고 도토리 같은 욕정이 튀어나가 어느 다람쥐에
게 덧없이 까먹혔는지 못 찾았지만
이젠 가야 하리 더 이상 기다릴 수 없나니
더 이상 자라서는 안되는 손톱이니 찬장에 숨겨두었던 추
억을 꺼내 오리 같이 마시리
이제 그대 얘기를 들려달라
기쁘게 들려달라, 나 웃을 것이니
슬프게 들려달라, 나 울 것이니
허나 그대여, 변화를 만들어내는 요인은 얘기에서 제거해
달라
이제 내게 내가 원하는 변화는 없나니
다시는 내게 신神으로 보이지 말라
우리들의 욕구의 원인도 지치고 지쳐 더 이상 소급해 올
라가기를 거부하나니
어느 유혹도 단지 보기 흉하리
피 흐르는 살이 끼어들어도 나 이제 모른 척하리
세상이 어려운 때라
곳곳에서 언제나 총성과 함께 군중의 피는 튀고 있나니
허나 이 어려운 때는 첨이 아니니

의식과 무관한 우리들의 관성慣性에 업혀 너는 네 얘기의
화자話者로 나는 네 얘기의 청자聽者로
몇 밤을 밝혀야 하는 얘기라도 좋으니 이제 그대여, 얘기
를 들려달라
삶은 전혀 애착스럽지 않고 저 새는 제 음울한 울음으로
지겹게 날 재촉하고 뉴스는 그들의 피를 날라다 우리들의
소매에다 질펀하게 묻히니 몸이 알 수 없는 홍분으로 근질
거리니 더 이상 자라서는 안되는 발톱이 이제 무서우니
이제 그대 얘기를 들려달라 더 이상 연착해서는 안되나니
가야 하니 그 기쁨에 그 슬픔에 내 심장이 멎어야 하니
그대여, 이제 그대 얘기를 들려달라!

II

그 해 쏙독새는 날아오지 않고
울음만 보냈다

사람을 덧없게 만드는 죽은 잎들 속, 그 속에 집이 하나 누웠다. 언제나 잎을 떨구는 숲이, 새들의 노래를 잡아먹기도 하고, 잡아먹은 새들의 노래를 토해내기도 하는 숲이, 그 집을 송장 담긴 관으로 착각한 듯 쏙독새가 잠을 자는 낮이면 그 집을 부드럽게 애무했다.

그 집에 누가 사는지 아무도 몰랐다. 지친 갈망을 선동하는 손길이 사는지, 갑자기 몇 초 동안 깨어나는 의식이 사는지, 구제를 베풀 줄 아는 가치가 사는지, 그 숲에 가장 단단한 절개로 오래 살아온 흑색 석기도 몰랐다.

자신을 숨긴 채 소리만 공중으로 날려 숱한 사람들을 미치게 하고 죽게 한 쏙독새가 잠에서 깨어나 식량을 구하러 나가는 밤이면 숲은 은밀하게 벌레들의 방향을 귀띔하면서 자기가 애무하는 존재에 대해서 조심스럽게 물었다.

"누구의 도망치는 영혼을 붙잡아 이 집에 넣었는가?"

쏙독새는 머뭇거렸다.

"추방당한 절망인가?"

숨기 좋아하는 천성의 쏙독새는 논쟁을 거부하고 어디론가 날아가 버렸다.

그동안 잠자던 검은 세력은 기지개를 켜고 긴 하품을 했다 쏙독새(whip-poor-wills)의 부재로 아무도 그것의 숨죽인 검은 의지에 채찍을 가하지 않았기 때문이었다. 모두 겁먹었다. 특히 신의 이름으로 그것이 겁을 줄 때는 용기있는 자도 반대표를 던지기가 쉽지 않았다. 바람의 뒤틀림은 강한 세력의 채찍질에 죄가 사는 바다로 표류했다. 곧 파란 목숨들이, 파란 다리들이, 파란 팔들이, 파란 눈알들이 바람의 왜곡에 합류해서 같이 떠내려갔다.

노을이 없어도 바다는 붉었지만 모두 미망설迷妄說로 간주해 버렸다.

나의 몰락은 이미 그 전에 시작된 것이었지만, 자주 잃어버리는 불빛에 의존해 먼 길을 걸어온 내 불행은 고독의 흐느낌에서 태어난 괴물들을 구성상의 당연함에 이해시키려고 안간힘했다. 그리고 죄의식에 멈춤쇠를 손이 부르트도록 던졌고, 추하게 녹는 백설을 추하게 시드는 장미를 추하게 변한 오이디푸스의 행복을 공책에 적어놓고 마침내 필멸必滅의 사명을 느끼고, 내 속에 이는 고요로 고양이 눈 속을 들여다보고 지금이 몇 시인가를 말할 수 있을 때, 살겠다고, 내가 숲으로, 숲이 토한 새들의 노래를 밟으면서, 죽은 잎들 속에 내 살 집을 지으려고 들어갔을 때, 나는 숲이 부드럽게 애무하는 집에서 새어나오는 소리를 들을 수 있었다.

유령의 출몰을 부르는 그 영묘한 새의 노래, 내 죽음을 예
고하는 울음……

열쇠를 내게 준 사람에게

내 천형은 죽어야 끝나니 나 그대에게 가고파도 가지 못
한다
가슴을 꺼내 보낸들 다 타버려 재밖에 없으니
가는 도중 어느 새의 날개에 묻혀 그대에게 날아간다 한들
아마도 분열하기 시작하는 당신 소망의 틈새에게 쉽게 거
절을 당하리
아, 4월만 오면, 계절의 웃물에 뜬 찌꺼기를 거두어 내 의
기소침의
얼굴을 단장시켜 날 기다림으로 위협하는 죽음을 감추고
당신이 쥐어준 열쇠를 꼭 쥐고 그대의 문전에 서는 꿈을
수없이 연습했었다
당신의 젊은 날의 고해성사처럼 반복했었다
Bless me, father, for I have sinned……
아아, 그대에게 가고프다
죽어서라도 그대에게 갈 수 없음은 내 천형은
내 손으로 죽지 못하기 때문이다 죽음을 기다려야 한다
그 기다림에 내 목을 수차 매달았었다 기다리다 죽은 혼
들과
붉은 토마토 수프도 흐느끼며 훌쩍거렸었다
아, 그 기다림의 장소는, 하얗게 센 머리카락들이 다스리
는 장소다

살려고 너무 버둥거리는 자도 보기 흉하게 만들고

죽으려고 너무 버둥거리는 자도 보기 흉하게 만든다

냉소라는 범죄가 또한 서식하는 장소로 패랭이꽃도 감히
피지 못한다

그리고 빵이나 밥을 먹여선 한 발자국도 기다림을 못 움
직이게 한다

열정 없인 모든 게 부패한다

아아, 그대에게 가고프다 당신이 내게 준 이 열쇠로 당신
의 문을

너무 늦기 전에 따고 싶다 내가 이렇게 내 천형을 모범수
로 치르고

있어도, 그대를 만나보는 게 내 마지막 처절한 소원이어
도,

나는 안다

아, 4월은 그대로 애달프게 가고 나는 그대를 만날 수가
없고……

먼저 가지 말고 내 천형이 끝나는 날까지 기다려 달라

아아, 죽어서 그대에게 갈 테니, 그대가 쥐어준 열쇠로 그
대 방문을

딸 테니, 그때 그대여, 죽어 달라, 그리고 같이 가자!

집단의 꿈

뜰에

누렇게
병들어
죽어가는 나무 옆에

선

누렇게
병들어
죽어가는 어미를 보면

아들은 무엇을 꿈꿀까

말해서는 안되는 내용인가

내가 가진 단 하나의 밑천

내게서 값나가는 건 내 비애뿐

그거라도 팔아야 입에 풀칠할 것 같아

소쿠리에 담아 들고 장터로 온다

탐스럽기도 해라 모두 감탄했다

사세요 사세요 내 비애 사세요

뜰에 심으면 우주처럼 무한정으로

크게 자랄 이 비애 사세요

당신의 신화

당신은 행복하지 않다
내 편견이 아니다
내 운명에 빌붙어 사는 헤아릴 수 없이 많은 저 불행들에
게 물어보라
그럼 당신이 행복하지 않다는 게 하나의 통념이란 걸 알
게 될 것이다
새벽이면 당신은 반드시 눈을 뜬다 밤사이 누구의 꿈 속
을 헤매고
다녔는지 나는 모른다 어젯밤보다 더 닳아진 다리를 그냥
볼 뿐이다
잠옷자락이 불그스레 젖었으면 죽은 형제 만나러 요단강
건너갔다 왔나
추측할 뿐 누구를 살해했거나 옛애인의 방문 돌쩌귀에 발
을 찍혔다고는
생각하지 않는다
나는 8시면 당신 식탁에 밥그릇을 올려놓는다
그 순간 당신은 수저를 집어들며 날아오는 파리에게 손사
래를 치며
성욕이 일 때처럼 상기된 두 볼로 밥그릇에 식욕을 쏟다
허나
곧 내게 당신은 눈을 흘기며 의식意識을 먹을 정도는 아니

라고 투덜대며
　식탁에서 일어나 직장으로 나가기 위해 문을 연다
　무의미들이 기다렸다는 듯 달려들어 당신에게 아침인사
를 한다
　공복이어서 어느 소리도 당신 귀에 들어오지 않는다
　당신은 오늘도 소속 잃은 날씨가 당신에게 던져주는 아침
섞인 사랑으로
　이마의 땀을 훔치며 공사장의 시멘트 포대를 지고 오른다
　그리고
　당신은 행복하다고 생각한다
　내가 식탁에 올려놓는 밥그릇 속의 의식意識만 먹지 않으
면……

　내 가슴 속에서 이는 이 멜랑콜리는 내 자업자득이리라

신神의 전당포

당신의 전당포에 난 수시로 간다

당신의 모반은 모른 척
이젠 짖지 않고 당신의 이마에 입술을 새끼양처럼 갖다
댄다

그리고 오늘의 저당물인 〈고독〉을 꺼내놓으며 그 대가로
죽음을 원한다

아직 어림없다고 당신은 내게 눈을 흘긴다

그리고

(나처럼 큰 것을 원하는 고객들의 이름이
적힌 두툼한 장부를 펼쳐보이며 내가 착각하고 있을지도
모른다고 생각하는 내 고독의 절박성을 조소로 뭉갠다)

나는 오늘도 조용히 입을 다물고 손바닥을 내민다

당신은 불모에 꼬리표를 붙여 안개빗줄기에 걸고
내 손바닥에 몇 장의 지폐를 올려놓는다

당신이 건네주는 〈누구나 외롭다〉의 지폐를 세며 당신의 가게를
　나온다

악몽 프로젝트

자, 시간입니다 시작하죠. 네, 5월입니다 장미송이가 유
달리 큽니다 올해는 색깔도 아주 밝군요 허나 그 사실은 제
게 아무런 영향도 좋게 못 끼칩니다 새벽에 갑자기 그가 죽
었는지도 모른다는 확신이 들었으니깐요 셰익스피어의
〈Dirge만가〉가 제 귓전을 아프게 치더군요 "Come away,
come away, death," 거기를 떠나서 이쪽으로 오라고 죽음
을 부르는 시인의 소리가 그렇게 귓전을 아프게 치더군요
기분도 꿀꿀한데 누굴 죽여볼 기획안이 어떠세요? 해골들
이 쌓인 방은 이제 제겐 어릴 적 친구가 수줍게 내민 과실바
구니보다 감동이 없어요 제 뒤를 쫓아오는 한적한 어둔 거
리의 악한도 이젠 낯익어 눈뜨면 된다죠 누굴 죽이시겠어
요? 죽고 싶은 자를 죽이는 건 악몽이 할 짓이 아니죠. 어때
요? 외로운 넋을 노리는, 추억에 붙어 그 살점 뜯어먹고 사
는 가랑비요 술집에 외롭게 혼자 앉아 있는 사내의 혼을 훔
쳐 보겠다는 사랑에 굶주린 계집의 붉은 입술보다 더 영향
력이 클 것 같은데요 그래요 우리 오늘 밤 가랑비를 죽여요
가랑비가 숨긴 칼을 먼저 찾아내야겠군요 뭐라고요? 그건
차마 못하시겠다고요? 왜 죽어도 좋다고 자포자기하느냐고
요? 아까 말씀드렸잖아요 새벽에 갑자기 그가 죽었는지도
모른다는 생각이 들었다고요 가랑비의 살해는 우리들 힘에
부치니 소리를 주겠다고요? 정체를 숨긴 소리를요? 그

건 시간이 얼마 남지 않은 저 같은 늙은이에겐 벅찬 기획이
에요 그렇겠지요 그 소리도 낯선 나그네로 우리들 방문을
노크하겠지요 그럼 우리들은 그 표정의 낯설음을 벽에 압핀
으로 꽂아놓고 그 낯설음을 익히고 순응하려고 장시간 버둥
대겠지요 핀에 꽂힌 개구리의 사지가 이젠 더 이상 제 사지
가 되기를 거부할 텐데요 그 프로젝트는 대학가에 뿌려보세
요 저를 주목朱木으로, 죽음 슬픔 부활을 상징하는 묘지에
심는 상록수로 오늘 저를 둔갑시키지 않으시겠어요? 네, 괜
찮아요 다시 눈을 뜨지 않을 위험을 내포한 나무라도요 말
씀드렸잖아요 새벽에 갑자기 그가 죽었는지도 모른다는 확
신이 들었다고요 좋은 예상은 늘 빗나가도 불길한 예상은
좀체로 절 배반하지 않지요 뭐라고요? 아주 아주 완전한 악
몽이라고요? 사인하라고요? 하죠! 자, 했습니다 뭐라고요?
그는 아직 살아 있다고요? 혼자서요? 누굴 기다리면서요?

얼굴 없는 나무

번개에 맞아 얼굴을 잃었는지 아니면 얼굴 없이 태어났는
지 하여튼 얼굴 없는 나무는 빈 들판에 혼자 섰다 겨울은 나
무에게 누런 잎들을 허용했다 북풍에게 함부로 얼굴 없는 나
무의 겨울잎을 떨구지 말라고 지시했다

저녁이면
얼굴 없는 나무는 바다로 들어간다 저녁해가 떨어뜨린 노
을조각들을 건지러 들어간다 삐죽 나온 목을 죽은 메타포처
럼 누구도 눈치채지 않게 숨기고 하얀 거품에 목을 축이며
볼 수 없는 것을 보려거든 아픔을 초래할 줄 알라는 쏙독새
들의 논쟁을 의아해하며 건져도 건져도 빠져 달아나는 노을
조각들을
생의 조각들을
아아, 울어줘요, 그 울음으로 울어줘요, 날 위해 울어줘요,
그렇게 노래하며 어둠이 붉은 금빛 노을조각들을 다 삼킬
때까지 반 고흐를 죽이는 총성이 들릴 때까지 바다에 머문다

밤이면
얼굴 없는 나무는 추위에 파르르 떠는 경험의 창에 가서
선다 창 안엔 얼굴 없는 나무의 형상을 닮은 사람의 몸이 깨
진 거울에 있다 얼굴은 어디다 버렸는지 아니면 얼굴 없이

태어났는지 하여튼 얼굴 없는 육체는 여러 조각으로 깨지며
살아 꿈틀대는 성기를 여러 개로 복사하여 감정의 진화가
얼마나 복잡하고 아름다운가를
　아아, 날 당신 속에 넣고 느껴줘요, 그래야 내 존재가 느
껴져요, 그렇게 누군가가 노래하는 것을 들으며 고독한 자
들의 방에 자유롭게 드나드는 혼魂들의 요구가 끝날 때까지
창에 머문다

　번개에 날아간 얼굴이 아니면 태어나지 못한 얼굴이 돌아
올지 모른다는 심한 뇌우에 생각을 다친 얼굴 없는 나무는
빈 꿈에 혼자 누웠다 여름은 나무에게 짧은 표현들을 허용
했다
　여름새들에게 함부로 얼굴 없는 나무의 노래를 못 뺏게
지시했다

원망의 미학美學

　허공에 몸을 뺀 허약한 풀잎에 앉은 새라 더 이상 나는 내 몸을 자제시키지 못한다
　바람벽에 몸붙인 돌과 다를 바 없다 바람은 곧 불어오리라
　포토막 강 위를 급하게 이동하는 안개에 휩싸여 나는 간밤의 악귀가 짓이겨놓은 민낯을 그대로 들고 후회의 기색이 새카맣게 죽어 있는 어느 실존주의자의 양심 속으로 숨어든다
　그 속엔 신이 살지 않아 좋다 내 사랑아 묻는다 내가 바람을 피할 수 있겠는가 풀잎이 날 배신하지 않겠는가 당신은 서남 하천에 나와 같이 어린 시절을 보낸 버들붕어의 수컷보다 못하다 그 수컷들은 다른 물고기를 공격하는 투쟁력이 강했었다 거품과 진을 뿜어 새끼를 길렀었다 내 사랑아 아짙은 녹회색 바탕에 V자 무늬를 나열한 그 민물고기의 육체를 보면 난 당신이 너무 원망스러워 당신을 놓친 후 내 생이 고통의 미학으로도 견디기 힘든 비극이어서 난 웃음 속에라도 칼을 감추고 당신의 고기를 먹으러 당신을 찾아가고 싶었다 원망은 날 급하게 소멸시켰었다 내가 한 개의 점으로 사라져 갈 때 낱말들은 날 해방시키라고 충고했었다 저 허드슨 강엔 얼음조각이 구름조각처럼 떠다녀 하늘이 무너져 내렸다고 모두들 착각하는 때이니 한바탕 한탄하라고 뉴스들은 속삭였었다

동네 아이들은 무제한의 답을 찾는 방법을 내게 물었었다
허나 내게 들리는 건 아 내게 들리는 건 낙엽의 살 빠지는
소리밖에 없었다 왜 내가 걷는 거리는 늘 비린내가 나는가
　기계학적으로 탄생한 어둠도 보인다 내 사랑아 어제도 오
늘도 번개치는 폭우가 매달린 어깨들을 수없이 보지만 당신
을 원망해야 하는 내겐 그들처럼 투지가 없다 그래서 내 잘
못에서 그들의 옳음이 못 주었던 그 해괴하고도 특유한 미
를 사고할 수 없다 느낄 수 없다 감지할 수 없다 단지 나는
에로스의 화살에 맞은 강의 요정 다프네의 허리를 안은 딱
딱한 나무껍질이다 음악과 시의 신神들이 왜 그렇게 숲 속
을 헤매며 정신을 잃는지 내 사랑아 이제 어렴풋이 알 것 같
다 내 식었던 피 속에서 이는 전율로 어렴풋이 단지 어렴풋
이 알 것 같다 내 사랑아

＊

　바람이 오는 소리가 들린다 살해된 소리라 침묵보다 조용
하다 바람을 피할 수 없다는 것을 나는 이미 안다 한쪽이라
도 살려야 한다고 풀잎은 날 떨구고 자기 목을 살릴 것이다
내 사랑아 포토막 강엔 날 감싸고 날 도피시켜 줄 안개가 오
늘은 안 보인다 간밤의 악귀가 짓이겨놓은 내 민낯을 들고

오늘 어디로 가야 하는가 신전의 문은 아직 열려 있을까 버
들붕어 수컷보다 못한 내 사랑아 피 두려워 않는 칼이라도
한 자루 보내다오

울 수 있는 능력

울 수 있는 그대의 능력이
무서워하는 나를
살아 있는 것은 다 무서워하는 나를
움직이는 것은 더 무서워하는 나를
말할 줄 알면 너무 무서워하는 나를

해가 질질 싸대는 빛들로 제 그림자와 성애性愛하는 은어
들의
강에 나를 귀환선歸還船으로 띄울 수 있을까

싸움이 좋지 않다는 것은 패배에서 배우고
악惡뿐이다 절망하면
선은 반드시 악에서도 태어나고
나는 그대 능력을 기필코 찾아가야 한다

(아, 그 주제에 어떻게 웃을 수 있느냐고
내게 묻던, 찻잔을 지폐로 닦던 여인들아
아, 그 주제에 어떻게 예배당에 가지 않느냐고
내게 묻던, 신전을 사교社交로 훔치던 여인들아
그건 단지
울 수 있는 능력이 내게 없어서였다)

그대는 지금 어떤 창가에 앉았는가?

성북구 수유동 창가는 떠났다고

어느 한나절 내가 색채감도 입체감도 없는 무명無名의 인
생을 팔러 나갔다가 못 팔고 돌아와 빗발치는 삶의 화살의
세례로 고슴도치가 된 몇 집 건너에 사는 조카의 언변을 무
서워하고 있을 때 우편배달부가 초인종을 누르고 친절하게
내게 알려줬었다

그대는 지금 어느 별을 바라보고 앉았는가?

아직도 생텍쥐페리가 사막에서 바라보았을 그 별인가?

돌아갈 고향이 있는 자는 행복하다고 그대는 지금도 믿
는가?

갈가마귀는 어디로 지금 날아갔는가?

눈이 참으로 곧 올 것인가?

어리석은 자는 누구인가?

나인가?

그대인가?

그리고 대답해달라 그대여

무엇이 고향인가?

누가 고향인가?

그보다 그대여

울 수 있는 능력을
그대는 내게 가르쳐 줄 수 있는가?

광상곡 B-flat minor

끝냅시다! 죽어드릴까요? 이쁘게 이쁘게 죽어드릴까요? 비가 되어 하늘의 지저분한 구름들을 제거해 드릴까요? 범죄가 아닌 전쟁을 찾아드릴까요? 광적인 숭배로 안개 속의 가스등을 켜드릴까요? 인식에 청춘을 바치다 목숨 스스로 끊은 사람의 음습한 숲을 찾아가 당신의 경멸을 대신 고백해 드릴까요? 여름 태양 밑의 저 부둣가 가오리 날개를 부패하기 전에 잘라 회로 썰어드릴까요? 바다의 겉살결 타고 섬으로 가는 배를 탈까요? Don't go라고 했나요? Please stay here with me for a while이라고 했나요? 아니라고요 그냥 교토[京都]에 3일 유재留在 시마시테라고 말씀하셨다고요? 해탈解脫은 없다고요 지극한 행복은 이 지상에 없다고요? 꿀과 우유로 양념한 chai 차를 마실 생각 없다고요 살을 에는 듯한 당신의 통렬한 아픔의 실체는 누구의 실수에 절대 연유된 게 아니라고요? 당신의 운명이었다고요 그래서 내 운명이 된 건가요? 괜히 고리처럼 절 당신들에게 연결시키지 말라고요? 육감만 드립다 발달한 동물이 저라고요? 제가 양심 정신 혼의 inner cosmos를 구현하는 noetic scientist라고요?

아, 내 몸에 이는 이 애매모호한 에너지를 어떤 그릇에 담아야 당신들 식탁에 올릴 수 있나요? 겨울 알프스의 아름다운 산정이 보이는 뮌헨도 아니고 김빠진 흑맥주 같은 겨울

베를린으로 매번 왜 당신이 가시는지 첨엔 몰랐지요 과부의
눈물이 구슬되어 당신의 목에 진주목걸이로 걸리던가요?
그래서 목으로 가는 당신 손의 교통이 그렇게 확 틔어 있나
요?

　끝나게 해줄게요 단지 끝내는 방법이 이제 필요해요 어떤
방법을 취할까요? 소주에 취하는 방법을 취할까요? 같이 마
시겠다고요? 앎의 의식은 무한한 가능성으로 소주에 취한
자들을 쉽게 익사시킨다고요? 울어줄 사람 없을 거라고요?
알아요 달빛은 구름에 늘 패배하지요

　생각보다 쉽게 제 맘 접어서 고맙다고요? 간소한 화장터
를 찾아 절 바싹 태워줘요 늙은 오동나무도 키울 수 있는
ash로 태워줘요!

　아아, 끝났네요! 대신 죽어줘서 전 할 말이 없네요 이쁘게
이쁘게 죽으셨네요 하늘이 지저분한 구름 한 점 없이 마냥
파란 바다네요 미해결은 또 아픈 춤을 추겠지요 근데 저 병
사는 가스등 밑에서 누굴 기다리나요? 음습한 숲은 이제 폐
갱廢坑으로 뒹굴지 않아요 태양과 경멸의 정사에 대해 별로
아는 게 없지만요 가오리는 통째로 내 술상에 올라왔네요
독일에서 과부가 오면 Please come in이라고 말할게요 울지
말라고 말할까요? 차마 같이 울어주지는 못하지요 chai 차茶

로 대접할게요 세상이 자유와 지혜와 사랑에 발을 딛고 아
름답게 변신할 수 있다는 걸 증명하는 순수지성론자처럼 곱
게 미소지을게요 당신이 내 곁을 떠나지 않고 Please say it
once more라고 내가 독백할 때마다 애걸하는 넋으로 말하
겠다는 약속만 해요 그럼 난 해탈을 알게 되고 지극한 행복
을 가늠할 수 있게 돼요
　그리고 과부를 고이 독일로 보내드릴 수 있어요!

커피에게 바치는 나의 연서

사람들과 섞일 수 없는 몸으로 태어나 사람들이 버리고 간 구겨진 대화들을 빈 거리에서 주워들고 늘 오해만 받는 여인숙의 창을 비치는 네온에 맘을 긋고 열쇠를 받아쥔 나는, 내가 〈나〉라는 사실을 그만둘 수 없는 나는, 그건 순전히 체질이 문제라는 점을 또한 잊지 않으면서 내가 아직 살아 있음이 커피의 덕이라는 것을 안다

그것이 내게 던져주는 사랑, 카페인이 없었다면 나는 끝내 내 몸 씻기를 거부했을 것이다 그리고 계속 잠들어 있을 것이다

부득부득 이를 갈아대면서 말해도 소용없다 주머니에 돈이 없으면 먹혀들어가는 게 별로 없는 소용돌이다 조숙한 인간이 패함은 caffeine이 줄 수 없는 그 뜻을 찾아 헤매이기 때문이다 그보다 진실을 열애하는 만큼 조작을 또한 치열하게 경계하기 때문이다 헐값에 체면을 용기에게 매수했기 때문이다 향수를 몸에 치는 여자들은 향수가 비경제적이 아니라 수지맞는 장사라는 것을 알기 때문이다 오해받을까 무서워 말을 함부로 하지 않는 인간들의 cafe에 가면 늘 들려오는 소리는 날씨에 관한 얘기밖에 없다 그래도 왜 그렇게 큰 깊이로 슬픈지 모르겠다

인생의 길이를 정확히 아는 사람들이 이 세상에 몇 있을까? 잔인해도 먼저 상대방을 울려놓아야 위로의 철학을 탐구하지 않겠는가? 낫고 싶지 않은 자는 진짜 병자의 자격이 있든 없든 커피의 사랑을 받아들여서는 안된다 마음을 인식하고 육성시키면 무슨 꽃이 필 거라고 예상하는가? 진달래처럼 입술의 피로 연지가 된다고 믿는가? 빨간 눈의 토끼가 아침에 내 뜰로 오면 왜 왔느냐고 내가 묻지 않듯 비 내리는 밤이면 싫다고 매달리는 내 자동차를 워싱턴 DC의 값싼 여인숙 주차장에 왜 위험하게 주차하는지 내게 묻지 마라 카드열쇠로 문을 열면 누가 날 기다리고 있는가 묻지 마라 내가 급히 달려가는 철사바구니 안에 무엇이 담겨 있느냐고 묻지 마라

철사창에 갇힌 두 봉지의 커피는, 아, 그 두 커피는, 내가 놓친 애틋한 내 사랑처럼 홍차와 녹차 틈에서 날 반겨준다 기다리고 있었다고 속삭여준다 내 청춘시절, 커피 찾아 신촌 양키물건 파는 시장을 헤매고 다니다 몇 번이나 쓰리를 맞았던가 주민등록증도 잃어버려 간첩으로 오인받을 수도 있었던 회상은 신촌시장으로 날 데려가 21살로 둔갑시킨다 어느 아침 벌레로 변신해 벌레로 목숨줄을 놓은 그 카프카의 metamorphosis와 무엇이 그리 다른 변신이겠는가 이제

내가 원하는 것이 무엇인지 휘몰아치는 빗속을 뚫고 찾아온
내 얘기를 커피는 들어줘야 한다 빈 거리에서 주워온 사람
들의 속타는 사연은 여인숙의 우는 창으로 가서 창틀을 잡
아줘야 한다 나는 커피에게 애걸한다 1967년 4월 18일 오후
6시 30분의 시청 앞 가화嘉禾 다방의 내가 못 마신 커피가 되
어달라고

식탁에 내리는 비

내 식탁에 가끔 누군가가 해골을 올려다 놓는다
은빛 물고기를 키우는 접시는
절대로 경악하는 법 없이 머리를 숙일 뿐
나의 언짢아함에 눈을 돌린다
매일 첫걸음을 떼어놓아야 하는 포크는
해골만 보면 발가락들을 곤두세우며 겁에 떤다
벽에 장식된 인조人造새는 인조人鳥처럼 목메인 소리로
스토브에 올려진 주전자에 담긴 물을 끓이고
녹차는 누가 강제로 자길 익사시키기라도 하는 듯
질긴 종이 속에서 발버둥치다 봉지에 달린 실에
목을 매기도 한다 겨울이 오는 소리가 들린다
누가 내 식탁에 해골을 올려다 놓는지 나는 모른다
언제나 내 취침보다 늦게 도착하고
언제나 내 기상보다 일찍 상床에 올려진다
처음엔 별 생각을 다 했었다
내게도 날 미워하는 적敵이 있다고 흥분하기도 했었다
그러나 그건 내 과대망상이었다
잊혀졌음을 부인해 보는 어리석은 심리상태에 불과했다
그래서 해골을 타일렀다
누구인지 모르지만 죽은 자가 가지 않고
산 자에게 끈을 달고 있다면

빙글빙글 정신없이 무덤에서도 돌아야 하니
그래서 진솔한 휴식이 없겠으니 제발
꼬리를 거두어 가시라고
그리고 나는 두 손으로 내 두 눈을 가렸다

내 식탁에 가끔 해골이 누군가를 올려다 놓는다
그 존재는 형체가 없고 소리만 처량하다
'지난 봄 따사한 햇빛 속에 앉아
어디로 여행하고 싶다는 생각을 했어
어디로 갈까? 여러 곳이 구름마냥 둥둥 떴어
나는 어둠이란 장소를 선택했지
거기는 650피트 지하의 암염갱巖鹽坑이었어
재난의 항생제인 소금이 도사린 곳이지
여행자는 뜸했네
손수 소와 돼지를 잡을 줄 아는 자들과
감정과 언어를 유린하고도 살아남은 자들과
전통과 인습의 새 길 트기를 즐기는 자들의
해골이 집합한 장소였지 선택된 해골들이
어둠이 피운 꽃의 향기를 즐기고 있더군'
나는 소리의 뜻을 파악할 수 없어
내 두 손으로 내 두 귀를 막았다

이제
내 식탁은 바닷물이 드나드는
늪지가 되고 싶어한다
접시는 은빛 물고기를 늪지에 풀어놓고 싶어한다
포크는 나무와 숲으로 늪지에 서고 싶어한다
풍향계에 매달려 벽에 대롱대는
$26짜리 하얀 새는
늪지의 푸른 하늘에 날개를 펴고 싶어한다
덩달아 푸르러지고 싶을 녹차의 심정이
애달파 나는 찻잔을 내려놓고
내 한 입을 내 한 손으로 막는다

결국
내 눈이 빠지고
내 귀가 떨어져 나가고
내 입이 막히자
그제서야
누가 내 식탁에 해골을 올려놓는지
그리고 해골이 누군인지
나는 안다

식탁에 가끔 내리는
그 가느다란 비[雨]였다

위험한 도박

가진 게 없어 생명을 저당잡힌 게 아니다 그 전당포는 그 것만 받아줬다 너를 빌리려면—

우선 죽음으로 너에게 다가간다 절대 울지 말라 기다리고 기다리고 또 기다려라

그 사이 겁과 미움과 긍지에 오염된 머리카락을 죄다 뽑고 허세에 찬 어깨를 비워 달라

정치와 전쟁이 만든 거리를 빠져나와 욕정과 폭력이 차린 가게에 들어가 섹스의 가격을 알아보고 주인이 너에게 폭력을 가한 뒤 "내가 널 때렸냐?"라고 물으면 아니라고 대답하라 그렇지 않으면 넌 거길 죽음 없이 빠져나올 수 없을 것이다

우리들의 작은 생 속에 왜 이리 짊어져야 할 의무의 잔인한 역사가 깃들었냐고 누구에게 넋두리를 해서는 안된다 시키는 대로 해달라 신神은 네 생각과 전혀 다른 존재다 구름의 종류와 같다 인종의 피부색깔과 같다 한 신만 섬겨도 그 결과는 같다 신의 맘도 한 갈래가 아니다

이제 간다 너에게로 우선 시체로 간다 묻을 생각을 말라 매장해야 할 것은 힘든 시간을 견딜 수 없어 악마들에게 속삭여야 했던 너의 고백들이다 아, 그 고백들이 어디로 팔려 간 줄 너는 아느냐? 불 밝은 상점의 계산대로 들어가 숫자로 찍혀 나와 가난한 마을을 휩쓰는 설풍이 되었다 밤길을 겁

에 떨며 걷는 자들의 허위 증언도 되었다 양심과 혀 사이에
서 갈등을 불러일으켰을 뿐 잡초의 목숨도 허용받지 못했다

그러니 거부감 없이 날 식탁 네 옆에 앉혀 달라 부패가 풍
기는 냄새를 견뎌 달라 커피를 끓여 달라 설탕은 필요없고
스킴 밀크를 좀 타 달라 내 혀가 데지 않게

배달된 짐짝들을 풀지 말라 죄다 내게 대한 불만들이요
소문들이요 흉들이다 내가 지은 죄는 많았다 그러나 그들은
내가 가난했을 때만 아우성치며 들추어냈다 날 아직도 사랑
한다고 말해 달라 어쩜 영원히 잃게 될지도 모를 내 생명을
잡히고 너와의 시간을 잠시 세내서가 아니라 네 모습이 너
무 쓸쓸하기 때문이다

자, 우리들의 위험한 도박은 이제부터다

시체와 고독이 공모한 도박장에 너와 난 커피를 앞에 놓
고 앉았다 연인들 되어 함께 빨간 딸기의 오솔길을 산책하
며 빌려진 잠시를 영원으로 돌려놓을지 아니면 다시 시체와
고독으로 각각 돌아갈지 그건 우리 손에 달렸다

널 사랑한다고 나는 비로소 고백한다! 아, 날 사랑한다고
이제 고백해 달라! 제발!

슬픔

난 슬픔이 좋아 죽겠다 돌아가고 싶은 고향처럼 좋아 죽
겠다 아스라히 가슴에 스미는 그리움으로 못잊는 사랑으로
내 욕정의 새[鳥]로 내 욕정의 꽃으로 내 욕정의 꿈으로 그렇
게 난 슬픔이 좋아 죽겠다 이제는

그래서 우인牛人을 낳아도 얼굴을 붉히지 않겠다

분노의 발작인지 모른다 일순의 도취인지 모른다 자존심
의 낮짝인지 모른다 슬픔에 환장한 내 현존의 이 손질 미흡
한 용기를 이쁘게 배양시킬 의도는 당신의 목록표에서 제거
하라

생각의 사지死地에 괴상한 욕정을 느끼고 한 마리 핑크색
지렁이 되어 꿈틀대다 새카맣게 달려든 개미한테 통째로 그
어둠에 삼켜본 적이 없으면 닭의 갈빗대 붙잡고 앉아 우는
우유부단하기 그지없는 시인의 시 속의 캐릭터나 되어라 잔
뜩 먹고도 굶어죽은 욕심쟁이들의 묘지를 서성이는 귀신은
되지 마라 나는 슬픔이 좋아 죽겠다

이젠 슬픔없이 못산다 울컥울컥 내 목줄을 따며 내 가슴
을 잡아뜯어 으르렁대는 야수들에게 때론 남의 핏줄만 빠는
거머리들에게 양심의 낭비없이 던져주는 이 슬픔이 좋아죽
겠다 진달래 배고파 따먹고 아이 잡아먹은 문둥이 입술로
내가 남산南山과 이별할 때 당신은 당신의 밭에 구체화되지
못한 인생들을 키우고 있었다 가물면 하늘을 원망 않고 내

감정을 잡고 늘어졌었다 아, 불안이 당신의 혀에서 희한한 맛을 낼 때면 전기뱀장어가 왜 하늘을 날겠다고 저 지랄을 떠는지 조사하라고 날 들볶았었다

어떻게 내가 아는가 자비가 고문을 중지시킨 게 아니고 살해가 더 큰 제 목적을 위해서 중지시켰다는 것을, 고문할 수 없으니 체포보다 차라리 죽여야 했던 세상의 심리학을

난 슬픔이 좋아 죽겠다 내가 놓쳐버린 파랑새처럼 좋아죽 겠다 파르르 아파서라도 못잊는 향수로 내 갈망의 무형無形 으로 내 갈망의 무의미로 내 갈망의 공허로 그렇게 난 슬픔 이 좋아죽겠다 이제는

그래서 비존非存으로 그림자를 잃어도 고독해하지 않겠다

내가 자석磁石인지도 모른다 슬픔이 달라붙지 않고는 못 견디는 자석인지 아니면 킬리만자로의 산봉우리 아래 황소 의 뜨건 피를 뽑아 야하게 노출된 붉은 갈망으로 마셔대는 탄자니아의 슬픈 유목민이어서인지도 모른다 육체분열증 으로 굴욕에 사육되던 짐승으로 변신된 적이 없으면 내 현 존의 이 결핍된 내 객관적 정신의 객쩍음을 어느 단체에도 고자질할 당신의 의도를 접으라 은로銀露에 미쳐 그곳이 배 만 타면 들어갈 수 있는 항구인지 알았었다 완벽한 사람들 을 경계하라 그들은 절망도 완벽하게 한다 나는 슬픔이 좋 아죽겠다

이젠 슬픔 없이 못산다 벌컥벌컥 내 전신을 포옹한 채 잔
인한 사내아이의 돌에 맞아 두 동강난 뱀으로 날 남산 중턱
에 꿈틀거리게 하는 이 슬픔이 좋아죽겠다 그 옆에 피는 산
꽃들이 좋아죽겠다 그 옆을 나는 산새들이 좋아죽겠다 당신
은 떠나고 없다 당신 밭의 구체화되지 못했던 인생들도 바
람의 변태에 밀려 불신의 구름들을 타고 떠나고 없다
　세상의 어느 귀퉁이를 서성이는지 슬픔은 알리라 내가 좋
아죽겠는 슬픔만이 알리라
　난 슬픔이 좋아죽겠다 슬픔 없인 혼자 못산다 이제는

백합을 사육하는 사나이에게

귀 한 조각 떼어 보내달라

단지 귀 한 조각

여기 내 새를 그대에게 날려보내니

내 애간장 쪼아먹고 자란 새니

독사 옆에서 어렵게 익은 야생어野生語 따먹고 날개 키운

새니

내 새를 그대에게 날려보내니

그대 귀 한 조각 새에게 물려 보내달라

작은 파도 타기도 이젠 버거울 테니

가장자릴 금쭉으로 장식한 소리들이 머물던

당신의 그 귀한 귀 한 조각 떼어 보내달라

이제 내 장소는 더 이상 가볍지 아니하니

그대를 사랑함이 어느 오후에

이미 굳어진 내 종교이니

내 사랑아, 나 그, 귀 한 조각 굶기지 아니할 테니

부드럽게 부드럽게 나를 수정할 테니

과거의 전율이 아직도 등골에

새빨간 슬픔으로 살아도

내게 그대의 귀 한 조각

단지 귀 한 조각 떼어 보내달라

이제 내 사랑은 내가 하겠다

애달픈 이별들에게 맡기지 않겠다

귀 한 조각 떼어 보내달라

단지 귀 한 조각

여기 내 새를 그대에게 날려보내니

미처 삼키지 못해 흘린 내 고통 주워먹고 자란 새니

벌레로 변신한 우울증 잡아먹고 날개 키운 새니

그대 귀 한 조각 떼어 새에게 물려 보내달라

이제 내게 교통은 트였다

핏줄처럼 가느다란 그 길들이

울며 떠나는 이별들을 주워다

내 손톱 속에 밀어 넣어준다

물어뜯지 않는 이빨들을 키우게 한다

그러니 내 사랑아,

귀 한 조각 떼어 보내달라

단지 귀 한 조각

난 당신의 귀를 데리고 바빌론 강에 가리라

그랜드 센트럴 스테이션에 가리라

레만호수에도 가리라

쭈그리고 앉아 흐느껴 울리라

당신의 귀가 내 흐느낌을 들으리라

나 그리고

당신의 귀를 내 새에게 부탁해 당신에게 돌려보내리라
당신은 마침내 알게 되리라
이제 내 흐느낌으로도
당신의 백합을 사육할 수 있다는 것을

빈 의자 하나를 찾아서

그대의 빈 의자는 외딴 장소에 있으리라
의자 옆에 홀연히 섰을 백화나무 한 그루쯤 기대하되
소리를 꺾고 들어가야 하는 그 난해함을 견뎌야 하리
그 소리는 뼈가 갈리는 어려운 소리라
소리가 사는 장소를 지날 땐 두개골의 벽을 치는
회복 불가능의 작은 음률로 신경을 잡아먹는 마비를
갈가마귀 울음으로 포옹해야 하리
전나무로 꽉 차 대낮이 캄캄한 굴 속처럼 어둔 숲을
지날 때는 팔에 매달린 가녀린 숨결의 동료를 배반해야
하리
봄이 깨어나도 고개를 돌려서는 안되리
암시에 불과한 거짓의 실체를 부정하거나
구현의 가능성을 믿는 흰눈이 구별없이 세상을 입혀도
그대는 그 속 껌정색, 숯비누로 닦고 문질러도
사라지지 않는 세상의 슬픈 사연을 기억해야 하리
그리고
　　“나는 뼈가 갈리는 소리를 안다
　　　어디에 사는지도 안다”
라고 실토해서는 안되리
끄지 않은 외등들이 무안한 얼굴로 아침을 맞는
동네를 지날 때는 끄지 못하는 욕망의 그 치부에 먼저 인

사해야 하리
　　하늘이 지저분한 구름을 씻어내는 시간을 지날 때는
　　범죄가 아닌 전쟁은 어디에고 없으니
　　몇 개의 애달픈 이야기에 양육되었던 살구나무 밑으로
가서
　　팔 잃고 다리 잃고 돌아온 중동전의 부상병에게
　　설익은 열매를 따는 국가에 대한 양해를 대신 구해야 하리
　　그대 마른 눈에 어떤 비든 저축해야 하리
　　그대가 찾아야 하는
　　그대의 빈 의자
　　그래서 그대가 찾아가는
　　그대의 빈 의자
　　광적인 숭배가 손수 켜는 가스등이 때론 길을 밝혀 주리라
　　인식에 사랑을 바치다 스스로 목숨을 끊은 청춘들의
　　음습한 열정들이 여름 태양열에 쉽게 상하는
　　그대의 고등어 괴체질에 소금이 되리라
　　단지 기억하라
　　그대의 빈 의자는 외딴 장소에 있다
　　그리고 그 외딴 장소가 어떻게 탄생할 수 있었는가를
　　저 들끓는 군중의 아우성에 기인해 수수께끼를 풀고
　　질긴 칡넝쿨에 목숨을 수차 위협당하면서도

그 질김을 익히고 익혀 마침내
그댈 기다릴 수 있게 허가받은
내 가슴에 그대여 앉으라

빌린 시간 속으로

미친 새떼가
연어떼 쫓아가는 미친 하늘에
버려진 내 시체를
거두어 가라
거두어 알래스카 빙산 속
그대 뜰에 심어달라
소리내지 않고 우는 비결을 알게 되리
살리지도 자라지도 못하게
그냥 잠시 빌린 시간에게 부탁해
묻으라
태양의 빛은 필요없다
물도 거름도 필요없다
오직 얼음에 대항할 격렬한
그대 열정만 필요하다
문은 절대 잠그지 말라
특히 자정엔
흠 간 넋들이
내 시체를 잡아뜯는 찰나이니
그대여, 절대 기도하지 말라
내 시체는
이 빌린 시간 속에서는

내가 네 신神이고
너가 내 신神이니깐

무제無題

아, 내가 웃을 때 운 자여,
이제 내가 운다
그러니 웃으라

내 눈물을 받으라
모든 걸 잠시 가능케 하는
마약으로 사용해 달라

날 피하기 위해 사용하던
그 외진 골목길의 주술사는
아직도 그대 돈을 그리워할까?
내가 애정을 함부로 대출하던
타작마당의 보릿단은 일지 못하는
선들바람에 아직도 겨를 입고 있다

해가 뉘엿뉘엿 지고 있다
영매靈媒에게 구한 조언이
서까래에 아직도 외롭게 걸려 있다

아, 웃어 달라!
삶은 우울증에 걸린 흉한 나체이니

난 그 짐을 등에 업어야 하니

아, 웃어 달라!
궁지를 때던 그대의 굴뚝이
연기의 의상을 벗어던졌으니

아, 웃어 달라!
그래야 이 빈터의 눈물이
체질로 이물질을 걸러낼 수 있다

아, 내가 웃을 때 운 자여,
이제 내가 운다
그러니 웃으라

무명無名의 장소

그 장소를 기억하라
그대 뼈 속에서 성장하던 장소를
형상 하나 비틀지 않고
곱게 소리없이 성장하던 장소를
비겁한 침묵도 마다 않고
별난 유아론唯我論도 마다 않고
위헌違憲에 크게 쫓기는 끝간데 없이 난폭해진
항거의 몸부림도 마다 않고
위험 모른 척하고
숨겨주고 숨겨주고 또 숨겨주던
한번도 그대의 불운을 힐난하지 않던
그 깊숙한 용서의 장소를
그대 뼈 속에서 울며 생각을 적던 장소를

많은 사람들이 그대에게 말했었다
(그 중 나도 그 많은 사람들 중의 일원이었다)
그대가 질긴 고기의 가축들과 같이 허물어져 가는
거리를 배회할 때 그대 모습이 어느 소나 돼지보다
어리석었었다고.
많은 동물들이 그대에게 물었었다
(그 중 나도 그 많은 동물들의 일원이었다)

그대가 버려진 여러 짐승들과 황야를 배회할 때
어느 개나 어느 고양이가 왜 당신보다
덜 부족한 얼굴이냐고
당신은 혹시 인간이 아직 아니냐고

그때 독재자의 화통에 쫓기는 근사한 민주화 운동가처럼
노조 조직에 분투하는 당당한 공장직공처럼
그들을 본딴 가면을 쓰고 철면피가 아닌 척
그대가 그 장소에 숨어들면
오히려 그대에게 전세금을 듬뿍 내밀며
그댈 주인 대우하던 그 장소를

그 장소에 이름을 붙이지 마라
예외적인 초현실주의자니
기본적인 생산력이니 상상력이니
막연한 무종교주의자니
달밤의 광상곡이니
그렇게 이름을 붙이지 마라
죽은 육체를 놓지 못하고 끌고 가는
어진 혼 같은 장소에
도착할 때까지 그 도착지를 모르고

달리는 피곤한 펜의 여정같이
인내가 찰랑대는 그 장소에
제발 함부로 이름을 붙이지 마라
그 장소는 이념의 그림자에 쫓기는
화가의 그림들을 치료하는 빛이며
닳아 없어지는 삶의 정체를 파악해내는 곳이니라

단지 그 장소를 기억하라
그대의 뼈 속에서 낡은 침묵으로 늙어가다 죽을
그 장소를 기억하라 이름 없이도 기억하라

이혼

삼나무가 피우는 삼꽃

그 빨간 삼꽃이 어린아이의 여린 살갗에 과열로 발생하는 울긋불긋 습진으로 매양 보이면

가슴에 악의 꽃이 피어나서 그 향기가 향수보다 짙다면

발보다 칫수 큰 신발을 신어도 뒤꿈치가 계속 게발에 물린 듯 살갗이 찢어지고 있다면 심장도 덩달아 찢어지고 있다면

반감과 억울함을 계속 수거장에 갖다 버려도 계속 들쪽나무로 자라 집안이 멕베스 마녀들의 황야로 불안해진다면 때론 혼이 팔려나가는 게 뭐 그리 대단하냐고 마귀와 수작을 걸고 싶은 파우스트의 충동마저 느낀다면 갈라서야 하리

혼자 오두막 떼어들고 달빛따라 밤길을 걷기 시작한 지가 까마득한 옛날부터이면

조류의 소낭 속이라도 숨어들고 싶다면

액자 속의 인간과 장소를 바꾸고 싶다면 갈라서야 하리

강조되는 게 어느 문장에도 어느 역설에도 보이지 않을 때 유리상자 속에 진열된 값비싼 보석을

백화점에 진열된 명품 백을 누가 공짜로 드리겠다 해도 시큰둥할 때

공자가 뭐 그리 대단한 인물이냐고 입을 비죽대며 안경 속에 손가락을 넣어 눈물을 찍어내면서 콜드 케이스의 범죄

소설 구입하러 광화문 쪽으로 발길을 맨발로 서둘 때 흘깃
거리는 행인들의 의심스런 눈길을 의식하지 못하면 갈라서
야 하리

　너무 오랫동안 사색의 웃도리와 회의의 아랫도리를 걸치
고 결단과 실행력에 공포를 느끼며 출혈하는 인생의 꼭두각
시 춤을 장기간 춘 탓에 시민회관 출연 교섭을 받아도 무대
에 설 자신있다고 확신해 보는 경지이면 철골같이 마른 몸
에 메밀 수제비라도 한 그릇 먹이지 않으면 변사나겠다고
염려하는 처지면 갈라서야 하리

　용광로에서 튀겨지는 분노가 결국 심장에 구멍을 뚫을 거
라 믿으면 갈라서야 하리

　혼자면 우주의 다크 에너지도 이해할 수 있을 것 같은 희
망에 불쑥 가슴이 부풀면 갈라서야 하리

　혼자의 모습을 뚝 떼어 허공에 던져 놓으면 금방 천인天人
으로 변신할 것 같은 착각에 빠지면 갈라서야 하리

　배우자가 내 몸에 매달린 음모 음흉한 무생명체의 바윗덩
이로만 느껴지면

　선택의 오류를 더 큰 비극이게 하지 않으려면

　굴포천 아라뱃길에 떼죽음 당한 물고기의 신세가 부러우
면 갈라서야 하리

설마 그 허물虛物 속에

그대의 소택지에 범죄사건이 터졌다
냉혈의 킬러가 우거진 관목의 숲에
가냘픈 숨결조차 스며들 수 없는
그 빽빽이 들어찬 나무들과
그들이 만드는 짙은 그늘 속에
3명의 구애자求愛者와 웅크리고 앉아
그 열정의 구체화를 작게 속삭인다
날렵하게 빌며 용서 구하던 토끼가
잡히면 죽은 체하던 주머니쥐가
제 두 발로 제 먹이는 반드시 씻어먹던 너구리가
그대의 애간장을 빨갛게 달구고 찢던
여우와 살쾡이가
그대 소택지에다
헤아릴 수 없이 많은 작별의 편지로
천 년을 누운 풀에서
태양의 뜨거운 열을 차단할 때
악어 또한 딱딱한 제 감정을
분별없이 뜯어내며 반항하자
비로소 그대는
낮게 날기를 거부하는
어느 새에게 소리쳐 물어야 했다

여기 내 습지에 범행이 저질러졌는가?
새는 그대 정수리에 변을 떨어트려 대답했다
그대는 범행의 동기를 물었다
미처 답하기 전에 새는 녹아
촛농으로 귀화하고
그대는 생물학자들을 불렀다
한 명의 여자와 세 명의 남자가 그대의 습지에 왔다
그들은 버마 산産 〈이무기〉가 범인이라 했다
17피트 140파운드의 비단뱀이라 했다
그 열대산의 왕뱀이
저주받아 용이 되지 못한 물 속과 숲속에 숨어 사는 구렁
이가
천 년을 더 기다려야 용이 된다는 민간 설화 속 페이지에
묶인
그 징그러운 존재가
그렇게 잠적에 귀재인 줄 그대가
어떻게 알았겠는가?
아마 잠시 보았는지도 모른다
그러나 일순에 사렸던 몸을 풀고
한 개의 바스락거림도 허용 않는 확실성으로
누군가의 기억 속으로 도망치는

그 거대한 몸의 잠적을
그대는 환영으로 간주했을 것이다
그대와 생물학자들은 하루종일 미아처럼
숲을 헤매이며 찾아다녔지만 헛수고였다
그래서 무식한 그대는 또 물어야 했다
어떻게 그 먼 버마에서 내 습지로 올 수 있었는가?
애완용이 주인의 욕구보다 커지자
서럽게 버림받았으리라
아니면 앤드류 같은 큰 태풍의 부채질에
떠밀려 대양을 건넜으리라
하필 내 습지에?
그대는 또 묻는다
거기엔 대답이 없다
그들도 더 이상 추측하기를 거부한다
며칠이 흘렀다
그동안 그대 소택지에
여전히 무책임한 맹세들이
잎들 사이에서 맺어졌고
내용 부실한 입맞춤들이
벌레들 사이에서 시끄럽게 웅성댔고
야한 꽃빛깔에 대한 질책이

인간이 훔쳐가는 물[水]들의 비명이
원한에 찬
죽은 꿈의 귀신들이
여전히 연약한 달빛에
허연 허벅지를 노출한 채
헐값에 정조를 팔았었다
그러던 어느 오후
그대가 비장했던 그 때문은 달력으로
거의 의식불명이 된
그대 어둔 얼굴을 도배하고
생물학자들을 따라 나선다
그대의 최후의 수단이었다
생물학자들을 놓치면
그대 단독으로 범인 체포는
불가능하기 때문이다
그리고 그대가
그대 친구들이 죄다 몰살된
그대 습지에서 살 수 있는가를
물었을 때 그 대답은 부정적이었다
생물학자들은 그대의 절박함을 눈치챈 듯
그대를 앞장세우고

습지를 샅샅이 뒤지기 시작했다.
그대들이 빨간 베리가 대롱대는
가시 많은 나무가 선
물 속에 발을 담그었을 때
그대는 발바닥을 애무하는 비단결을 느끼면서
몸에 이는 성욕을 느꼈다
그리고 동시에
악어가 한 마리 빨려 들어가는
무서운 소용돌이 속이
하나의 품목처럼
상세하게 장부에 적혀지는 것을 보았다
대가릴 잡았다!
여자 생물학자가 소리쳤다
꼬릴 잡아라!
3명 중 가장 젊은 남자 생물학자가 꼬리를 잡았다
숨통 잡혀 꿈틀꿈틀 몸부림치는
당장 물어뜯겠다고
확 아가리 벌린 거대한 입을 그대는 보았다
그대는 몸서리쳤다
4명의 생물학자는 미소지으며
비틀거리며 뒤퉁거리며

범인을 어깨에 짊어지고
물 속을 어렵게 빠져 나왔다
포획물의 분노와 굴욕을 마취시켜 놓고
그대는 아직도 또 물어야 한다
진짜 이무기가 범인인가?
생물학자들은 자기들의 확신을
눈에 보이는 증거 없이 함부로 표출하기 꺼려하면서
사르트르의 구토 수법을 응용하자고 했다
마취가 풀리는 시간
그대와 생물학자들은
양철컵에 담긴 뜨거운 커피를 마셨다
그 어느 누구의 커피도
설탕이나 크림의 위로를 받으려 하지 않았다
곧 마취는 풀리고 고문은 시작되었다
고문은 때로 국제법에 위반되었지만
서로들 눈감아 주는 눈치였다
포로로 잡힌 자는 삼킨 것들을 뱉아놓아야 했다
토끼도 나오고 살쾡이도 나오고 너구리도 나오고
여우도 나오고 두더지쥐도 나오고
초속도 나오고 간교도 나오고 응큼함도 나오고
그렇게 그대 소택지에서 사라졌던 생물체들이

그리고 생물체의 근성들이
뱀의 머큐리를 몸에 묻히고
희한한 빛을 동전처럼 굴리며
다시 그대 소택지로 돌아왔다
악어를 토하게 할 때는
마키아벨리즘을 도입해야 했다
그 뱀의 구역질에서 천 년의 세월이
그 살갗의 비단결을 타고 흘러내렸는지
그리고 거기에 용트림이 있었는지
철겹게 오는 비[雨]만 알리라
아, 그대는 한숨쉬었다
그리고 뱀을 죽이라고 했다
그때였다
여자 생물학자가 손을 들어 제지했다
아직 뱀이 무언가를 토하고 있다!
그대는 놀란다
화들짝 의식 못한 채 놀란다
아, 무엇이냐고 그대는 물어서 안된다!
그냥 기억해야 한다!
뜨겁던 그 낯선 땅의 여름 아침
뒤뜰 붉은 벽돌 바비큐 오븐 뒤 수풀 속에

그대를 기다리고 있던 뱀의 허물
아, 완벽하기도 해라!
그대는 그때 무슨 짓을 했던가?
그 허물 속으로 들어갔었다
모두를 버리고
울며 따라붙는
절망도 희망도 뿌리치고
그 허물 속으로 들어갔었다
범인은 이무기가 아니다!
3명의 남자 생물학자가 동시에 소리쳤다
여자 생물학자는 침묵했다
며칠 후 이무기는 혐의를 벗지 못한 채
습지의 이슬로 사라졌다

그대는 새 주인에게 습지를 양도하고 습지를 떠난다 어디
로 가시는가? 그대는 못 들은 척한다

얼굴에 다닥다닥 붙은 때묻은 달력을 뜯어낼 뿐 빈약한
태양도 쳐다보지 않는다

이무기가 토한 넋에 설잡혀 끌려가는 그대 모습에선 한치
앞도 안 보인다

드라마티스트

춘곤중이봄나물을봄나물이라하지않고그것의극작가라헛
소리를뱉았을때저항은갑자기고발처럼으스댔다고사리두
릅다래순에게그약소한독성분으로살기를품게했고마춰에
가물거리던그고장난시계의의식이갑자기기상시간을알리
는발광으로숨죽인먼지들의세계에난동을부렸다아무도아
무것도심지어는풀한포기도천년동안벙어리였던바위도그
헛소리를피해가지못했다그래서침묵은서툰선동煽動의손에
들린접시처럼자정의약속처럼분별없이깨지기시작했다서
둘러꽃부터피우는아직이름못익힌그집의큰나무가암벽에
부딪쳐눈부시게부서지는바다조각으로하얗게하늘에뜰때
그속을파고들던그빨간홍조관2마리도주인을더이상만족시
키는아름다움이되지못했다어디선가누가울고있었다원추
리가울고있는지몰랐다거미는새로운견해의난해에봉착해
어느새거미줄에걸린희생물들의하소연의희생물이되고개
미는불개미로변신해어느발등을산등성이로만들겠다는욕
구로갈등하다자제잃은불길에타죽고장미는갈팡질팡순결
을팔아댔다값이부족하면가시로찔러대신분을풀었다효과
나결과에대해서노래하지는말자족제비가고사리한테제이
름을왜던져주었는지도논하지말자희미한소리가신문고申聞
鼓울리는북소리로감지되었다고겁을내지도흥분하지도말자
무신武臣은속에격투감이있어야편안하다어느파리도그의살

106

갖을벌없이건드릴수있다고생각하면그건오산이다드라마
티스트는울고있다주목받고싶어소리쳐울고있다

친구에게

　내게 진 빚을 네 눈물로 상환하지 말고 네 모순으로 해달라 그래야 내게 걸칠 의상이 생긴다 후회들이 내 방에 만원이다 표가 44년 전 그해 봄에 매진되었다 그때 내 발목은 보기 흉하게 굵었고 발은 너무 넓고 커서 곡식들의 탈곡장이 되기도 했다 카리스마는 당신이 타인을 어떻게 가늠하느냐가 아니다 당신이 타인들에게 잣대를 양보해 그들로 하여금 그들의 칫수를 재게 하는 거다 친구야 나는 너를 부끄럽게 하지 않았다 네가 너를 부끄럽게 했다 바다는 우릴 배반하지 않았다 우리의 겁이 단지 미숙했었다 고독하면 우주라도 패랭이 가슴의 젖꼭지를 문다 그때 바다가 묻혀 왔고 우리는 진실로 고독이 얼마나 큰 짐승인지 몰랐었다 그것의 팔하나를 더듬어 놓고 그게 죄다인 줄 알고 그것의 정체에 관한 보고서를 서뿔에 제출했었다 이제야 알겠느냐 왜 그렇게 가슴에 동굴이 펑펑 독버섯마냥 급하게 탄생되었던가를 왜 그렇게 거울에 비치는 얼굴들이 모두 추억을 깨무는 괴물이었던가를 친구야 독약은 내가 타지 않았다 네가 네 손으로 탔다 네 손으로 자정의 희망을 죽였다

　내게 진 빚을 네 눈물로 상환하지 말고 네 억측으로 해달라 그래야 내게 먹이가 주어진다 모욕들은 내 방을 비웠다 44년이 그동안 소모되었다 이제 내게 발목은 없다 철사鐵絲

의 소유가 되었다 탈곡장이던 내 발은 강의 상류와 하류가
서로 엇갈리는 길목일 뿐 낟알을 후려치던 채찍은 종식되었
다 옆에 얼씬거려 함께 채찍을 맞아주던 바람은 이제 없다
야생조野生鳥는 함부로 식탁에 올리는 게 아니다 제 절망들
로 접시에 날개를 접고 앉아야 우리들의 식욕이 편해진다
친구야 나는 너를 붉은 산에 눕히지 않았다 네가 너를 눕혔
다 그 애타는 붉음을 땅이 집어삼켜 고작 언덕이 키우는 것
은 검은 사과밖에 없지 않았더냐 진실을 고체로 착각했던
건 기필코 그때로 거기로 돌아가겠다고 고집했기 때문이다
이제야 알겠느냐 왜 가난한 동네의 얼룩진 벽에 가서라도
족보 잃은 귀신들의 조롱을 받는 낙서가 되고 싶었던가를
친구야 비애는 내가 잔에 따르지 않았다 네 손으로 따랐다
네 손으로 검은 사과나무를 키웠다

내게 진 빚을 네 눈물로 상환하지 말고 네 비명으로 해달
라 그래야 내 위태로움이 기지개를 켠다 착란이 내 방을 파
괴했다 44년간 녹슨 방의 자물쇠는 이를 갈며 떠났다 아아,
그때 내 정신의 성기는 방향을 잃은 채 조숙했었다 교합交合
은 노랑다리 집게벌레와도 가능했었다 모든 분야의 개념이
방식이 실행이 이마를 맞대고 앉아 서로를 서로의 고리에
끼웠다 소비자들이 지구 전체를 자본주의로 변신시켰다 문

둥이만 밤에 우는 게 아니다 백만장자도 운다 스티브 잡스
도 울다 떠났다 배고픈 애도 울고 제 감정의 침몰을 제지 못
하는 예술가도 운다 하늘이 젤 많이 운다 울어야 신神이 숯
비누로 먹칠한 우리들의 몸을 고문없이 씻어줄 수 있다 친
구야 나는 너를 닷새에 한번 서는 장날에 내다 팔지 않았다
네가 너를 팔았다 붉은 벼슬의 수탉은 그날 암탉을 몇 푼에
잃고 정신착란에 장바닥을 쑥밭으로 만들어 놓고 비단장수
여인의 치마폭에 몸을 숨겼다 여인의 욕망은 오래 전부터
수탉의 붉은 벼슬이었다
　친구야 남을 시기한 죄는 내가 짓지 않았다 네가 지었다
네가 네 가치를 몰라 그들을 선망했던 거다

　친구야
　내게 진 빚을 네 눈물로 상환하지 말고 보상 없이도 탄생
되는 그 불운의 동정으로 나를 깨워 달라

시인 아무개

눈부신 대낮도 어둡다 하고 잃은 시력 찾아 헤매는 미친
사나일 보거든 그가 시 잃은 시인 아무개인 줄 아세요

한때 그에게 위로나 질타를 받지 않은 바람이 없었고 비
가 없었고 구름이 없었어요

당신은 사람이 사람으로 보이지 않고 여린 자존심 찌르는
뾰족한 가시로만 보이면 그를 찾아가 왜냐고 물었어요 그러
면 그는 그의 얼굴에 침을 뱉아달라고 당신에게 졸랐어요

그의 혀는 가끔 그의 심장을 떠나 춤추기도 했고 그의 뱃
속은 기름기가 그리워 벌거벗은 혼을 전당포에 잡히기도 했
지만 수시로 위험한 장소를 우리들에게 경고하는 나팔을 불
었지요 그래서 입술이 터져 넝마처럼 너덜거렸어요

나일강에 가서 형체 희미한 유령을 보거든 그가 시 잃은
시인 아무개인 줄 아세요

한때 그에게 각별한 애착을 받지 않은 꿈이 없었고 우울
이 없었고 굴욕이 없었어요 사람들은 사람들이 무서워 도처
에 쥐구멍을 뚫을 때 저는 그를 찾아가 사람들에게 쫓겨 어
디론가 사라진 쥐들의 행방을 물었었지요 그 때도 그는 그
의 얼굴에 침을 뱉아달라고 내게 졸랐어요

자신을 비하하고 슬픔을 부풀리고 감정에 강제로 술을 퍼
먹이기도 했지만 황무지의 주인처럼 도둑질에 신기神奇를
보인 철든 예술가였어요

아, 그 시 잃은 시인을 보거든, 어쩜 해골이 되어 무인도
로 날아가는 낙엽 하나 보거든

아, 그 시 잃은 시인을 보거든, 어쩜 만삭의 여인네로 비
대해져 살갗 찢긴 카우치에서 리모컨 껴안고 헉헉대는 그를
보거든, 굶주린 짐승 한 마리 보거든

아, 그 시 잃은 시인을 보거든, 어쩜 파란 얼음조각이 되어
알래스카 해협에 부동浮動하는 그를 보거든, 어쩜 꼬까옷 입
고 바리공주 애타게 부르는 지노귀새남 남자무당을 보거든

어쩜 얼굴 없이 사지 없이 언덕을 굴러내리고 굴러오르고
또 굴러내리는 핏덩이 하나 보거든

아, 그를 보거든

이렇게 저 대신 말해 주세요

I love you

Just the way you are

오후 2시의 세상

오후 2시면 그대는 병病의 병瓶에서 몸을 꺼낸다 그 자리에 모르핀을 대신 꽂아 놓는다 아, 이쁘기도 해라 모두들 모르핀꽃에 취할 때 그대는 세상을 누빈다

한국인이 운영하는 대형 마켓으로 자주 간다 생선부生鮮部엔 백인한테 아내 뺏긴 조씨가 왼손에 비늘 긁는 갈쿠릴 움켜잡고 붕어의 살갗을 잔인하게 긁어대고, 호흡기 몸에 달고 휠체어에 앉아 사는 여식의 젊은 아비 안토니오는 도끼칼을 움켜잡고 수염 긴 커단 메기의 목을 사정없이 내리치고, 생선도 계란도 먹지 않는 완전 채식주의자인 고객 라자씨가 갑자기 몸을 비틀며 바닥에 쓰러진다 활어活魚 탱크에서 바닷고기들이 바다와 함께 쏟아져 나와 무형無形을 핥는다 시험에 걸렸던 인생들이 물의 세례로 라자씨와 함께 재생한다

행복하여라 부활을 믿는 자는

그대는 곧 죽지 않는다

어느 오후 2시엔 그 사람의 집으로 가기도 한다 그 사람은 아직 그대만 생각하며 산다고 그대는 믿는다 그 사람 아내는 넌센스를 허용하지 않는다 양심의 가책에 시달릴 시간이 있으면 눈화장에 정성을 들인다 레만 호숫가에 앉혀 놓아도 흐느낄 타입이 아니다 명품에 환장해 있다 그 사람은 외롭다 외로우면 그 사람은 그대가 기다리는 그대들의 방으

로 소리없이 벽을 뚫고 들어온다 그대는 그대의 맹세, 콜 니드레이를 읊조린다 마침내 속죄의 시간을 소유하게 된다 그대들은 더 이상 빈 병 속에 그대들의 몸을 숨기지 않는다 그는 이제 외롭지 않다는 징표로 미소짓는다 그대가 이제는 먼저 그의 손을 잡을 줄 안다 서로가 서로의 고향이 되어 서로에게로 마침내 돌아간다

행복하여라 돌아갈 고향이 있는 자는

그대는 곧 죽지 않는다

어느 오후 2시엔 붉은 언덕으로 가기도 한다 조가비처럼 따닥따닥 붙은 어부촌에 간다 안개가 지독히 긴 밤을 그대는 아직도 두려워한다 항구에서 들려오는 연락선의 뱃고동 소릴 들으며 배씨 아낙의 해산을 목격한다 태아가 두 팔 쫙 벌리고 세상에 나가기를 거부한다 아비처럼 오징어 배타기 싫다 한다 어미처럼 오징어 배따기 싫다 한다 산모의 하혈이 방에 질펀하다 박산파가 달려온다 지혈제를 주사한다 그대는 산모의 자궁에 머리를 조아리고 낮게 부르짖는다 "싫으면 나오지 마라!" 그 말에 태아가 두 가슴을 움켜잡고 나온다 박산파는 탯줄을 끊는다 그리고 아기를 거꾸로 들고 새파란 엉덩이를 찰싹 때린다 벌거숭이 피투성이로 한 생명이 오늘도 세파에 투신했음을 울음으로 알린다

행복하여라 기적을 경험한 자는

그대는 곧 죽지 않는다

어느 오후 2시엔 노란 유채꽃 들판으로 간다 들판을 뚝 떼어 어깨에 둘러매고 운명의 물레를 젓는 3자매의 침실로 간다 유채꽃 들판을 방에 깔아 그들을 그 위에서 정신없이 놀게 한다 그리고 아트로포스의 가위를 훔친다 그대는 신神도 어쩌지 못하는 불가항력이다

모두 그대 병에 꽂힌 모르핀 향기에 반해 있는 틈을 타서 그대는 정신없이 가위질을 해댄다

그리고 그대는 곧 죽는다

행복하여라 죽을 수 있는 자는

꽃으로 벌컥 터진 언 손

쌓이는 쓰레기만이 당신의 생존을 증명하던 어느 겨울,
당신은 핏기 하나 없이 시장에 들어선다

값비싼 외투를 죄수복처럼 걸쳤다 병원에서 퇴원한 지 얼
마 되지 않아서였다 가슴에 들어앉은 정체 모를 슬픔 덩어
릴 제거했다고 했던가 잘 기억에 없다

수술은 여전히 실패인 것 같았다

이틀 전의 폭설이 세상을 실신시켜 놓은,

꽁꽁 언 옥인시장 바닥을 위태롭게 걷기만 한다 푸줏간의
불은 너무 빨갛다

당신은 빨간 육류는 먹지 않는다 그래도 주인은 메르세데
스 벤츠를 탄다

당신은 울퉁불퉁 언 시장바닥에 함지를 놓고 벌벌 떠는
생선장수 아낙네 앞에

발을 멈춘다 그리고 꽁꽁 언 갈치를 본다 당신의 꽁꽁 얼
지 못하는 수치羞恥도 본다

생선장수 아낙은 제 얼굴을 깊은 골로 경작해 놓았다 거
기에 무엇을

재배하는지 당신은 전혀 짐작하지 못한다 그냥 그 옆에
피고 있는 연탄불이

제 철 모르는 미친 진달래다 당신은 입에 풀칠해야 된다
는 말이

무슨 뜻인지 모른다 단지 추측해 볼 뿐이다 적갈색 목도
리 두른

참새가 제 둥지에 던져진 찌르레기 알을 왜 부화하고 부
양해야 되는지

그게 마피아 가설이라고 우리 인간이 추측해 보는 것과
같다 그러나

찌르레기 행패를 왜 마피아가 흉내내는지 당신은 안다 유
전의 법칙처럼 안다

그리고 밟히는 측은한 제 맘만 자꾸 밟아댄다

당신은 청와대 가까이 산다 그리고 키가 크다 언제나 예
의 바르다

옥인시장 상인들은 당신을 의식하지 못한다 부신 눈을 껌
벅거릴 뿐

당신을 전혀 유혹하지 않는다 당신의 존재는 어디에서고
희미하다

당신은 쓸쓸하다

당신은 오늘도 당신의 존재를 포기한다

그때 당신은 갈치의 뾰족한 입주둥이를 움켜잡은 어떤 존
재를 본다

벌겋게 추위에 터진 무섭게 퍼득대는 뻘건 언 손이다

당신은 벌컥 그 자리에서 그걸 사랑하게 된다 팔목에 찬

시계의 초침이 몇 번

혀를 끌끌 찼을 때 당신은 퉁퉁 부은 그것을 미치게 사랑
하게 된다

해가 마침내 갈치빛으로나마 얼굴을 비춘다고 상인들이
흥분한다

당신이 벌컥 사랑하게 된 벌겋게 언 손에서 당신이 두려
워하는 생의 모습이 그림자로 떨어진다

당신은 언 손에게 당신의 눈을 빌려 사랑을 고백한다

고백에 당신의 언 손은 동정과 공포로 흥분해 고백이 열
쇠라도 되는 듯 얼굴에 경작해 놓은 깊은 골을 연다

골은 키우고 있던 은빛 식칼을 꺼내 허공에 던진다

생선장수 아낙은 잽싸게 칼을 받아 방황하는 바람에 날을
간다

그리고 격렬한 열정으로 냉기에 마비된 갈치 한 마리 나
자빠진 도마를 지체없이 내리친다

당신은 생선장수 아낙이 신문지에 싸서 안겨주는 뻘건 언
손을 받아들고 시장을 떠난다

발그스레해진 볼로

IV

Parkland Blues

넌 모른다, 아니 몰라야 한다 왜 이곳에선 검은 그림자들이 서로의 혀를 핥는지, 왜 이곳에선 꽃이 피다가 도중에 실신失身하는지 그리고 실신失信하고 실신失神하는지. 그래서 요절하는지.

허나 물어도 소용없다. 하얀 가운을 걸친 하얀 신神들은 냉각제로 제품화된 지 오래다. 그들은 언어를 삼간다. 아아, 물론 이곳에도 이곳이 업고 있는 하늘이 있다, 태양이라 불리우는 뜨거움도 있다, 허나 언제나 그 열은 냉기에서 혀를 빼물고 나 몰라라 수시로 줄행랑친다. 심장 없는 너덜코박쥐의 무리는 태양에게도 무섭다.

아아, 넌 몰라야 한다, 저 침대에 누가 누워 있는가를, 어느 젖가슴도 거부 못한 저 침대의 소유자를, 이곳은 노련한 인당수라 간혹 백악관의 주인도 삼키고 하얀 신神의 모친도 삼킨다. 그 어느 누구도 연꽃으로 띄우지 않는다.

넌 무식해야 한다 왜 먹어야 하는지, 왜 죽여야 하는지, 왜 서로의 성기性器를 끼워 맞물림해야 하는지 넌 무식해야 한다. 저 3월에 벌컥 터져버린 꽃을 봐라, 여기 겨울을 살해한 봄이 일시적 정신착란이라 우기며 쇠고랑 차고 들어선다. 하얀 신神은, know nothing, but do everything의 신은 속에 이는 비애를 제거하는 능력도 지녔다. 집게를 고르고 칼을 고르고 톱을 고른다. 그렇다, 그들은 이미 전부 알고 있다. 교활한 벙어리다. 의문을 불만을, 고통을 품고 인식하거나 버둥대지 않는다.

왜 해석이 필요한가?

인생은, 히포크라테스가 짧다고 하는 인생은, 티 에스 엘리엇의 길다고 하는 인생은, 너가 참으로 알아서는 안되는 삶은 농가나 어촌에 이는 하늬바람이었던가? 굴욕을 키우는 나무에 불과했던가? 아니면, 아아, 저 썩어 문드러지는 소금기 잃은 바닷고기 비린내였던가?

난 본다, 내 유배지의 복도에 버려져 소리 죽여 우는 병든 멕시칸 여인의 눈물을, 죠지 워싱톤이라 불리우는 흑인청년의 정갱이 뭉툭 떨어져 나간 왼쪽다리를, 아아, 저기 저 혼란 속에 면도칼에 긁힌 딸의 손목을 잡고 앉은 응급실의 미세스 무霧를.

그렇다, 하얀 신神들은, 특히 높은 곳, 사우스웨스턴 의대의 신들은, 이미 살갗 하얀 신들은 하얀 가운 입어 더 하얘진 신들은 겨울 사양斜陽보다 더 눈부시다. 난 날 잠시 죽여 놓고 전기톱을 내게 들이미는 그에게 묻는다, 당신은 날 탈출범이라고 생각하나요? 단테의 지옥에서 탈출한, 대가리 3개 가진 문지기 사냥개를 죽이고 탈출한, 그런 흉악범이라고 생각하나요? 그는 잠시 입술을 달싹댄다. 여기가 시인의 지옥보다 낫습니까?

아아, 그게 그의 의문이었다. 허나 그는 미소짓는다. 지옥을 다녀온 내 값은 그의 어깨에 날개를 달아주리라.

그의 두목은 무엇인지 안다. 파크랜드 주위에 운집한 오수午睡에 조는 빈자의 출입을 허용 않는 라일락과 알코올 냄새만 그득한 장소에서는 제대로 신놀이할 수 없다는 것을. 지척 하이랜드파크의 전 대통령보다 이곳에 머물면 그의 장소가 높다는 것을.

아, 넌 모른다, 아니 몰라야 한다 왜 이곳에선 여분의 살덩이들이 불에서 추방당한 담배연기들이 제 길을 몰라 함부로 굴러다니다 차바퀴에 치이는지를, 왜 이곳에선 바벨탑이 가난한 청년의 우스개 자존심으로 서는가를, 그리고 왜 혀들이 갈갈이 찢어져 서로 못 알아듣는 소음으로 변신하는가를. 허나 물어도 소용없다. 검은 살색을, 갈색 살색을, 노란 살색을 붉은 살색을 걸친 칼라신民들도 신民이어서 충신의 도道를 안다. 그래서 상징을 사용한다,

아아, 이곳에도 이곳이 키우는 새들이 있다. 날개라 불리우는 그 요술의 기계도 달고 있다, 허나 그 비상은 극히 짧다. 천쪽에 찬 꿈들의 시체가 풍기는 그 악취는 언제나 조류의 날개에 해롭다. 왜 의식하는가? 넌 모른다, 저 매화나무가 제 분홍 살갗 잡아뜯어 휠체어에 앉은 백인청년의 창백한 얼굴을 왜 도배하고 있는지, 그리고 왜 내가 아직 구걸할

줄 모르는지,
　아, 넌 모른다, 내 유배지의 비밀을, 아니 몰라야 한다

　＊파크랜드 하스피탈은 빈자를 위한 달라스 카운티병원으로
　케네디 대통령이 죽은 곳임.

자정에 들려오는 옛날 얘기

이 세상 한구석에 정신나간 어떤 노파가 있었다

숨 못 거두는 자기 시체를 뜰에 심어놓고 거기서 싹 같은
게 틀 거라 기대했다

보들레르 송장 뜯어먹던 구더기들을 물 대신 뿌렸다

구더기라도

삶의 몸부림을 흉내내어 치열하게 꿈틀대면 어둔 땅 속을
뚫고 나와
　빛 속으로 들어가는 건축의 비밀을 움켜잡게 된다고 믿은
것 같지는 않았지만 어느 자정에 구더기로 사육되는 노파의
시체에서 싹 대신 뻘건 지렁이 한 마리가 땅을 뚫고 나왔다

허나 뼈 없고 덮인 가죽 없는 그 살점덩이가 어떻게 태양
의 잔인함에 맞서는가
　단지 끈질긴 축소와 확대로 몸부림칠 뿐

노파는 그래서 매일 울었다
옆집 소년 니콜라스도 함께 울었다

그 동안 우주는 계속 확대되었고 그 음침한 에너지의 비
밀은 무덤 속에서도 똬리를 틀고 앉았었고 마침내 벌레의
끈질긴 몸부림에 싹 대신 시체에서 침묵 하나가 텄다

그 후

정신나간 노파가 차지했던 세상의 한 구석이 비워졌다

집념의 실체

어느 해였던가

수유리 크리스천 아카데미에서 얼마간 겨울을 지날 때

앞에 놓인 원고지를 메꾸지 못하고 있을 때

창 밖엔 눈발이 하얗게 휘날렸다. 그때 난 운율 속에서 태어나지 못한 내 비극을 견뎌야 했고, 모든 노래는 간사해 보였고, 우리들에게 주어진 평등은 전혀 따뜻하지 못했다. 언제나 최상의 술수인 관용의 아름다움도 느낄 줄 몰랐었다. 게걸스럽게 내게 달라붙는 유혹의 곤충에 살점을 뜯기면서 내 비밀이 새는 것이 문제가 아니라 비밀의 정체가 문제라는 것을 단지 가냘프게 의식하고 있을 뿐이었다.

그때 나는 까마귀 어물전 돌듯 그대 주위를 돌고 있었다. 맘에 그대가 잊혀지지 않아서였다. 아니 더 정확하게 말하면 그때는 그대도 나도 서로들에게서 버려진 존재들로 타락했지만 단지 그대가 내 맘에 잊혀지지 않는다는 그 자체가 목숨 가진 집념으로 탄생해 날 잡아먹고 있었다. 그것은 겁없이 뮤즈에게 노래자랑하자고 대들어 내기에 졌을 때 그 벌로 날개 뜯기고 바닷가 바위 틈에 숨어살게 된 세이레네스라는 여자들이 노래로 뱃꾼들을 유혹해 잡아먹듯 그렇게 그 집념은 날 뱃꾼으로 만들어 잡아먹고 있었다. 그 집념에게서 나는 인간의 얼굴을 보았고 그것의 날개들이 뜯긴 흉스런 상처도 보았다. 도달할 수 없는 욕망을 포기하는 능력이 그때 내게 없었다.

눈발은 계속 휘날렸다

저녁이 눈발과 함께 땅으로 떨어지는 시각이 오고, 호텔 밖의 외등들이 망자亡者의 영影으로 어두운 메타포로 신격화되는 것을 소름끼쳐 하면서 나는 미처 울 순간도 잡지 못한 채 피에 굶주려 생자生者들을 유혹하는 흉녀凶女들처럼 집념의 광란 속에서 괴기하게도 풍경에 거역해 오히려 밝아지기 시작했다. 물론 위험했다.

Kill and Tell!

허나 그 집은 신의 집이었다. You shall not kill.

내가 신 없이도 스스로 사고할 수 있는 주체였다 해도 분명 그 장소는 살해를 허락하지 않았다. 인간의 얼굴을 지니고 날개 뜯긴 자리를 잽싸게 획득한 살아 숨쉬는 나의 집념을 대신 사랑하라고 가르쳤다.

나는 내 낡은 외투를 걸치고 눈발 휘날리는 바깥으로 나왔다. 4·19 묘지를 찾아가는 내 발길은 한치 앞도 분간할 수 없는 망망대해의 무서운 허공에서 비틀거렸다. 허나 난 분명 어떤 흥분에 도취되어 있었다. 확실함에 도달하기 위해 회의懷疑를 끌고 가는 주인처럼, 한 위대한 젊은 희생자의 비석을 부둥켜안고 울면 나도 총알 맞는 경험을 하게 되리라는 상상에 들떠, 그 총탄에 내가 죽고, 그리고 내 집념이 죽고, 내가 죽이지 않아도 죽고…… 어디선가 뱃꾼들을 유혹한 그녀들의 노래 이름인 사이렌소리가 들렸다.

아, 그 노래는, 그 운명의 노래는, 그때 내게 알려주었다. 내 비극을, 그게 집념에 대한 비극이 아니라 내 생에 대한 비극이라는 것을. 내 운명이라는 것을. 나도 당신의 팔자를 닮아 기구한 운명을 살아야 할 거라는 내 엄마의 무해하게 뱉어진 유해한 예언을 눈발 휘날리는 수유리에서 비운에 간 학생들의 묘지를 찾아가면서 내가 어물전 도는 까마귀가 된 것은 당신의 오랜 소망을 외면한 여자로 당신을 놓쳤다는 내 비운을.

어쩌다 듣게 된 부엌의 비가悲歌

미워서가 아니었다 그 아줌마를 내 장소에서 쫓아낸 것
은, 단지 가르치기

위해서였다. 내 낯짝을 갑자기 탄광처럼 어둡게 해서는
안된다는 것을, 또는 쓰레기통 속에

굴러 다니게 해서도 안된다는 것을, 너무 쌀쌀해도 내 낯
이 설 장소를 잃는다는 것을

그래서 불을 늘 지피고 있어야 한다는 것을

절대로 볼 수도 없고 조종할 수도 없는 인사불성의 힘에
휘말려 자애自愛에

호된 상처를 입은 불알 찬 사내 행세를 모방해서도 아니
었다

단지 경계선을 긋고자 했었다 그게 수면水面이라도

아, 딱새에 코 깨지고 눈 빠진 무명無名의 겨울나무들, 그
혼신이 그렇게 신랄할 줄 몰랐다

그렇게 부지깽일 벌겋게 달굴 줄 몰랐다

부지깽이는 그녀를 위협했다 어딜 지글지글 지져댈 것처
럼, 분홍입술도 마다할 것처럼

아줌마는 눈앞의 상황에 아주 무식했다 자꾸 날 사랑한다
고만 말했다

난 냉장고를 열었다 겨자병을 꺼내 벽에 던졌다 노랗게
쏟아져 나온 액체에서 내가 그녀에게

보인 것이 무엇일까? 고 작은 겨자씨도 내겐 허용되지 않는다였다 아줌마의 욕慾은, 나 아닌 욕정은

바람도 안된다 구름은 더욱더 안된다 번뇌마저 안된다 꿈은 꿈도 꾸어서 안된다

단지 단지

아줌마는 가혹한 인과응보만 알아야 한다 그래서 잠시 시베리아로

죄와 벌의 학교에 유학시킬 작정으로

영산강의 온몸이 덮쳐도 못 끌 불 같은 분노로 그녀를 위협했다

아, 아줌마는 숨쉬는 것들이 꽉 찬 그 감정의 불가사의에 항복하듯

옷고름을 풀었다 누구도 못 만지게 한 그 탐욕스런 젖가슴을

천년만년 복사꽃인, 노화老化를 외면한 그 젖가슴을 풀었다

그리고 뚝 잡아뜯어 파르르 살기로 떠는 내 입술에 비벼댔다

허나 아아, 허나, 아무것도 질투는 못 달랜다,

전쟁을 일으켜 반드시 살상자殺傷者를 내야 한다

서쪽 하늘을 피바다로 만들어야 한다 그렇게 잔인해야 한다

갑작스런 내 발작을 전혀 이해하지 못하는 아줌마
꿈과 저지른 제 간음은 더욱 더 이해 못한 채 단지 몇 개
의 식칼을
보따리 속에 챙겨 넣으면서 울기만 했다
그리고 창 곁의 화분에 물을 주었다 때가 되면 기억을 할
퀴고
파헤쳐줄 손톱과 발톱이 자라고 있는 화분에
늘 창살에 눈웃음치며 탈출을 음모하는 화분에

종교가 필요했다 빈 장소를 굶겨 죽이지 않으려면
내 종교는 기다림이 되었다
내 종교가 한 개의 보잘것없는 잡목에서 은밀한 숲으로
형성되는 사이
물로 불로 케미칼로 수세미로 고문을 당하지 않게 된 냄
비들은
근질거리는 몸을 미친 듯 긁어 부스럼 투성이고, 주먹만
한 빵을
소금 쳐진 갈치를 애간장에 재워진 육류를
비밀스런 양념에 재워진 그 여릿한 여인네의 심장을 먹지
못해
오븐은 영양실조에 걸려 섬뜩하게 해쓱하고

냉장고는 한풍에 시리고 시려 눈사람으로 차갑고 비정하
게 섰다
때로 마왕처럼 오만해져
내 종교와 맞설 때는 어느 실존주의자도 무색해진다
아, 그리고 아줌마를 잃은 재래시장의 비극을 어떻게 설
명하랴
봄나물들이 봄동 겉절이로 못 태어나 그래서 잡곡밥과 랑
데뷰를 못해
쓴맛으로 쓰러져 아무나의 발목을 붙들고 늘어지고
바닷고기들은 눈을 벌겋게 뜨고 제 몸의 가장 뾰족한 가
시를 뽑아
아무나의 눈을 공격할 태세다 닭장수아저씨는 배를 타버
렸다고
했던가 닭들이 스스로 목줄을 끊어서
내가 너무 가혹했던가?
죄책도 한 개의 보잘것없는 잡목에서 은밀한 숲으로 형성
된다
허나 내가 그 숲의 미아가 되기 전 아줌마는 돌아오리라
세상 맛에 취하는 법 없이, 사내 맛에 취하는 짓 없이 꽁
꽁 언 몸을
내게 통째로 던져주면서 제발 삶아 드시라고 구워 드시

라고

    지져 드시라고 무쳐 드시라고 허나 내몰림은 말라고

    그때 나는 고백해야 하는가 내 사랑을

    아줌마를 추방한 건 내가 아니고 노 잃은 노기였다고

    그게 등대와 윤동주의 별을 분간 못해 잠시 사해死海를 헤
맨 거라고

    지랄떠는 행위 없으면 비존非存하는 비극에 홀려서였다고

    용기를 내야 할 것이다. 마침내 고백할 줄 알아야 할 것
이다

    나는 아줌마가 비재非才한 시간에 비로소 고백과 화해하
게 된다

    아아, 이제 두개골을 쩍 가를 줄 알게 된다 허용許容과 손
잡게 된다

    겁怯의 신봉자가 된다

    아침에 많은 새들이 많이 울었다 여전히 인간을 위해서
라고

    인생을 제대로 알지도 못하면서 그 이해엔 한없이 편협스
러운 인간을

    위해서라고 새의 울음이 눈발처럼 날렸다 허나

    다행히 나와 새의 울음은 무관한 것이어서 뜰에 갓 핀 장

미 한 송이를
　꺾을 수 있었다, 아, 난 안다 오늘 아줌마가 올 것 같다
　그래서 역으로 간다
　언제 역驛이 가지 뭉툭 모두 잘린 겨울 라일락 나무였던
가? 허나 난 상관하지 않는다
　역은 곧 움트리라 그녀가 내 가슴에 안기는 순간, 아, 그
순간에 발작하듯 움트리라
　난 벤치에 앉아 하루종일 기차를 기다렸다
　마침내 막차는 저기서 오고 있다
　검은 연기를 피처럼 공중으로 뱉으며 숨차게 달려온다
　날 불러대면서 숨차게 달려온다
　난 감격해 공처럼 튀어 기차를 부둥켜안는다 허나 기차의
몸은 차다
　그 찬 몸은 내게 관 하날 안겨주고 급하게 뺑소니친다
　아, 미워서가 아니었다 가르치기 위해서도 아니었다
　단지 사랑해서였다
　역驛을 라일락으로 움트게 하려면 난 얼마나 많은 울음을
울어야 하는가?

그 봄, 그 침울

기숙사 뜰의 목련이 지고 최루탄 연기가 안개로 변신해 눈의 살갗을 적시면 신촌시장 막걸리도 남대문 지하상가 양담배도 무한정 침몰하는 내 침울을 달래지 못해 날가재미 도마에 올려놓고 둔탁한 식칼로 툭툭 토막내 엿기름에 고춧가루 벌겋게 머무려 담근 강원도 식혜가 혹시 달랠까 몰라 중요한 강의도 빼먹고 어느 화요일 둘째언니 찾아 서강에 갔더니 까타리 잡았다 하면 손 하나 까딱 않고도 사람 반쯤 쉽게 죽여 놓는 종로 술집 사창가 건물 주인인 언니 시누이는 만석꾼이 살았던 커단 집에서 백수아들과 고스톱 치고 있었고 70킬로그램 뚱보 식모애는 벌겋게 달아 수도에 매달려 펌프질을 해대고 있었고 참새들은 징그럽게 떼지어 탱자나무 가지를 힘겹게 했고 누구에겐가 목줄을 끊긴 암탉은 아직 털을 뜯기지 않은 채였다.

동란 때 이북에서 남편을 괴뢰군한테 생매장시키고 남하한 자기가 안 해본 고생 있으면 데려오라 큰소리치는 시누이는 인물이 반반해 돈 있는 영감의 후처로 들어가 동대문시장에 포목상을 차렸다가 비단 찢기는 소리에 사람의 비명소리가 섞여 나오고부터 헌집 사서 수리해 파는 동안 영감이 세상 뜨자 곧 열렬한 교회 출석자가 됐고 그리고 화투만 쳤다.

형부가 철도청 기관사라 돈에 궁색한 언닌 돈 있는 시누이 비위 맞추느라 늘 화투도 같이 치고 시누이 건물의 월세 수금자 노릇도 했다.

식혜도 못 얻어먹고 언니 손에 잡혀 도로 대문을 나섰다. 수금하러 가는데 동무해 주면 그까짓 식혜가 문제냐고 중국집 가서 탕수육 해삼탕 다 사주겠단다. 돌아와선 동대문시장 바닥에 쭈그리고 앉아 파전 하나로 점심 때웠다고 시누이에게 말해야 하는지 나는 안다. 언니는 늘 택시를 탔다. 종로 술집도 한옥이었다. 기생들은 막 잠에서 깨어나 한술 뜨고 화투판에 앉은 듯했다. 두어 시간 600 치고 그담 씻고 화장하고 술상에 앉고 몸을 파는 그렇게 빛과 역행하는 그들 인생을 언니가 내게 급하게 속삭였다. 난 마루에 앉았다. 해가 내 몸에 던져준 따사한 봄빛과 어줍잖은 유희를 하면서 언니가 얼른 월세 챙겨들고 일어서길 바랐다. 몇명의 여자들이 손에 무엇을 꼭 쥐고 내 빛 속으로 상을 찡그리며 들어왔다 누런 낯짝들이 보통 오만하지 않았다. 세상의 모르는 비밀 없고 온갖 굴욕 다 맛보았단다. 기생들과 창녀들이 판을 섞어 자그마치 3판을 만든다.

언니는 술집주인 왕마담과 밀수쟁이 사이에 끼어 얘기꽃을 피우며 수금한 돈에서 구름병 하날 산다 입술연지도 하나 산다 그리고 흘깃 노름판을 불고기판 보듯 침 흘리며 노려본다.

마담은 야릇한 미소를 띠며 황겁한 짓으로 엄마 속 숱하
게 썩여온 내 언니를 판에 끼워넣는다. 살아 꿈틀대는 거북
이를 칼로 갈라 주인 속 튀쳐나와서도 계속 뛰는 거북이 그
심장을 눈 하나 깜짝 않고 입에 넣는 시누이 돈을 노름에 축
냈다가 무슨 변고를 당할 것인가. 방에 뛰어들어 언니 어깰
움켜잡아 올렸지만 이미 뿌리 깊이 내린 억센 나무라 화투
판을 뒤집어엎는 수밖에 없었다.
　화투패는 광풍에 떨린 매화꽃잎들처럼 사방으로 흩어졌
고 몸파는 년들은 제 돈들을 챙기느라 정신이 없었다. 언니
가 급하게 내 손을 잡고 도망치려 했지만 년들은 비릿한 그
들 인생의 원흉을 찾은 듯 아귀들처럼 내게 대들었다. 그러
나 내가 울지 않고 천연덕스럽게 머리카락 뜯기고 살갗 할
퀴고 발길에 차이자 첨엔 기분 상한 듯 내게 눈을 흘기더니
곧 그들은 이해 못할 울음을 나 대신 터뜨렸다.

　그 후 내 침울은 자살한 듯 그림자도 안 보였다.

오늘은 내게서 무엇이 추락하는가?

새벽부터 저 이름 모를 형체 숨긴 불길한 새의 울음이 저리 끈질김은 나 때문이리 동네는 아직 깊은 잠 속에 있는데 왜 나는 이리도 서둘러 그 불길함을 반기는가 내 자신이여, 너도 잡초이면서 너무 잡초를 죽였다 잡초 킬러의 앞잡이처럼 새벽을 잡초 죽이는 데 소비했었다 그것들이 유해有害한 존재였다면 너도 너에게 결코 무해無害한 존재가 아니었다 네게로 온 것이었으면 어느 것이든 해치지 말았어야 했었다

그게 잡초이든

그래서인가? 무해한 것을 죽여서인가? 너는 이제 언제 어디서나 절벽으로 위험하게 섰고, 너는 이제 언제 어디서나 너에게서 추락하는 것들을 기꺼이 보내야 했었다 그렇다, 추락하는 일이 부끄럽지만은 않다 허나 추락물에게 위로가 섞인 작별인사를 굳이 해야 했던가? 위안은커녕 그게 추락물을 더 비참하게 추락시키는 줄 너는 모르느냐! 어둠이 있어 빛이 있듯 추락하는 것이 있어야 비상飛上하는 것이 아름답지 않겠느냐!

추락을 추락이 아니게 하지 말라!

낮부터 검은 구름이 서둘러 밤을 짓겠다는 감각 잃은 뜻은 나 때문이리 이웃의 관계는 아직 미소 띤 반김 속에 있는데 왜 나는 이리도 서둘러 자리를 피하는가 나 자신이여, 너도 벌레이면서 너무 벌레를 죽였다 벌레 킬러의 앞잡이처럼

한낮을 벌레 죽이는 데 소비했었다 그것들이 유해한 존재였다면 너도 너에게 결코 무해한 존재가 아니었다 네게로 온 것이었으면 어느 것이든 너는 해치지 말았어야 했었다
　그게 벌레이든
　그래서인가? 무해한 것을 죽여서인가? 너는 이제 언제 어디서나 가을나무로 무정하게 섰고, 너는 이제 언제 어디서나 너에게서 추락하는 것들을 기꺼이 떨구어야 했었다 그렇다, 가을잎들은 떨어진다 허나 잎들에게 굳이 재회再會를 기약해야 하는가? 새 생명을 위한 잎들의 희생을 축소시키는 기약인 줄 몰랐더냐!
　희생을 희생이 아니게 하지 말라!
　저녁부터 저 무서운 악몽이 내 잠 속에 자리를 깔고 눕겠다고 저리 서둚은 나 때문이리 주위는 아직 밝은 황혼 속에 있는데 왜 나는 이리도 서둘러 잠자리를 찾는가 나 자신이여, 너도 어둠이면서 너무 어둠을 증오했다 증오의 앞잡이처럼 황혼녘을 어둠 죽이는 데에 소비했었다 그것이 유해한 존재였다면 너도 너에게 결코 무해한 존재가 아니었다 네게로 온 것이었으면 어느 것이든 해치지 말았어야 했었다
　그게 어둠이든
　그래서인가? 무해한 것을 죽여서인가? 너는 이제 언제 어디서나 거리의 가스등으로 섰고, 너는 이제 언제 어디서나

너에게서 추락하는 것들을 기꺼이 밝혀야 했었다 그렇다,
밝힘은 오만스런 짓이 아니다 허나 굳이 정의를 요구해야
하는가? 불의不義를 불러들여 그 의상을 벗기면 누가 먼저
울어야 하는지 몰랐더냐!
　어둠에 별들을 어색하게 갖다 걸지 말라

　왜 내 자리가 비었는가?

　오늘 내 마지막이 이미 추락했는가?

작명소 창에 붙여진 광고문

당신의 슬픔에 이름을 붙여드립니다

온당한 삶은 어젯밤 자정에 찾아온
당신의 가치가 무어라고 당신을 야유하였는지 그것만 잊
으면
당신의 슬픔에 이름을 붙여드리겠습니다

꿈꾸다 죽은 혼들이 밝힌 거리의 상점들을 너무 오랫동안
헤매고 다니지 마십시오 당신이 헐값에 정절을 팔아넘기고
받은 그 은화마저 벌써 덧없이
당신은 소비해 버렸을 겁니다 꿈과의 관계는 소문과 달리
늘 밑지는 장사입니다

당신의 인생도 결국 한 조각 치즈였습니다 당신은 얇게
써는 기구에 불과했습니다 닳아 없어지는 비누의 슬픔을 진
작 아셨다면 그리 서둘러 얇게
베어내는데 혈안이 되어 있진 않았겠지요

여기 카탈로그가 있습니다 맘에 드는 web id #를 찾아보
십시오
당신의 슬픔에 이름을 붙이기 전에 우선 수술로 슬픔 수

정을 먼저 하시겠다면
　　신의 존재로 군림하는 정형외과의를 소개해 드리겠습니다

　　어쨌든 당신은 어제도 슬펐고 오늘도 슬프고 내일도 슬플
거라면
　　그리고 그 슬픔에서 떨어질 능력이 없다면 그 가엾은 것에
　　이름이라도 붙여줘야 데리고 다니는데 편하지 않겠습니
까?

어느 부부

언제부터인가 그 집에
그가 그녀의 빵을 먹고 살기 시작한 지가
언제부터인가 그 집에
그녀가 그의 비극을 먹고 살기 시작한 지가
그리고 사랑 잃은
커피가 혼자 살기 시작한 지가
부인否認하기는 쉬운 경기였다
행복은 사私적이고 사死적인 존재라
경기의 규율이
잦은 변죽에 시달려야 해도
사기는 치지 않아도 되었다
모두 즐겁게 속았다
정은 멀리멀리 떨어져
어느 교통수단도 닿지 않아
부딪칠 염려 없고
그리고 서로 붙어 있지 않으려는
두 개의 물질을
강제로 합성시키는 물질을
화장품 제조자처럼 알고 있어
그들 부부는 악어와 악어새로
때로는 악어새와 악어로

필요한 자리바꿈질을 하면서
빵에 눈물을 발라서
눈물에 빵을 적셔서
입맛 잃지 않고 먹으면서
잘 붙어 있었다

　빵은언제나눈물을요구한다비극도언제나눈물을요구한다
소포클레스는당신들이오이디푸스의혈육임을안다그래서
참으로그래서그의극劇에서카타르시스를느끼는당신들을천
재라부른다천재들도빵은먹어야산다눈물도흘려야산다

밤으로의 긴 여로

기억이여, 또 오게,
기차는 매번 그댈 위해 그 간이역에 서지 않네 달조각에
걸리면 변하는 생리현상을

그 파도소리 계속 가슴에서 자라고

초등학교 4학년이었다
기차를 목빼고 기다리던 때가

배신을 알던 때가

해를 삼키던 바다를 원망하던 때가
암벽을 치며 치솟아 구름과 정사를 나누던 파도가 부럽던
그 저묾이 가끔

애달프게 가슴에서 요동치고

그날, 기차가 여느 토요일처럼 오긴 왔었네
날이 너무 어두웠던가 내가 너무 작았던가

기차는 서지 않았네

(기차로 삼척에서 묵호의 거리는 꼭 한 시간 걸렸다)

철로를 따라 걸으면 엄마에게 도달하리라

문둥이에게 간을 좀 떼어준들
굶주린 겨울 들짐승들에게 몇 개의 손가락을 떼어준들

익사한 여름 해변가의 유령을 집에 데려다 줘야 한들

엄마와 같이 사는 아이들을 질투한들

그곳에 도착하면

겁도 없이 밤에 왔다고 언니한테 쥐어박히며 오징어 볶음
에 이밥을 글썽이는 눈물과 함께 비벼 먹을 수 있다는

늙은 엄마 박산파 얼굴을 볼 수 있다는
(엄마를 사랑한다는 말은 차마 하지 못하면서)

밤 속엔 나 혼자뿐이었네

대낮의 소음이 그렇게 그리울 수 없었지
밤의 고요 속에서 탄생되던 공포들

그 고독을

기억이여, 오게

자정이 넘었었네
엄마집의
산고에 진통을 겪던 산모가 드디어 해산하고

내가 갓난아기와 같이 울던 그 울음을

기억이여, 또 오게

내 살구나무 그늘로 오라!

저 사람들은 무엇에 저리도
가슴을 잡아뜯기고 있을까?

이 사람들은 또 무엇에 이리도
가슴을 잡아뜯기고 있을까?

세상엔 잡아뜯기는 가슴들이 너무 많다

왜 그렇게 많을까?
사람 태어날 때 같이 태어나서일까?

사람 죽을 때 저승으로
같이 데려가지 않아서일까?

참느라 잡아뜯기고
기다리느라 잡아뜯기고

사랑하느라 잡아뜯기고
질투하느라 잡아뜯기고

창유리에 붙은 저 파리도 잡아뜯기는

가슴에 못견뎌 저리 두 발을 부벼대는가?

뱃전에 붙은 이 파도도 잡아뜯기는
가슴에 못견뎌 이리 사납게 날뛰는가?

잡아뜯기는 가슴의 사상자死傷者들이여!
내 살구나무 그늘로 오라!

자지子枝밭 순이가 물려준 내 살구나무는
잡아뜯기는 가슴 먹어야 잘 익는다

밤 부엉이

이제 나는 밤에 날아다녀야 한다
그 사람이
한 마리 night-owl이기 때문이다
그를 알기 전까지
한 마리 early-bird였던 나는
이제 밤을 느껴야 할 야행성
부엉이가 되어야 한다
그가 깨어 있는 창으로 날아가야 한다
창 밖의 발가벗은 겨울 나뭇가지에 앉아
부엉 부엉, 그를 사랑한다고 울어야 한다
겨울 추위의 비정을 녹여야 한다
그리고
내 울음소리의 위험에 대해 얘기해야 한다
내가 우는 올빼미 소리는
내 천성을 아직 못 벗어나
아직 종달새 우는 소리 같아
그 소리가 올빼미 우는 소리와 섞이면
어찌나 불투명한지
흡사 누구를 빈정대는 소리나
야유하는 소리 같아 미안하다고
양해를 구해야 한다

내 얼굴이 왜 heart 모양인지
내 눈이 왜 요상스럽게 똥그란지
긴 스커트는 왜 입었는지
비단 숄을 왜 걸쳤는지
뾰족히 나온
내 코로 창유리를 쪼아대며
내 수염으로 유리에 낀 얼어붙은
서리를 달래며
사랑한다고
사랑한다고
목타게 울고 울면서 설명해야 한다
그럼 그 사람은
그의 희고 흰 두 손으로
해골같이 흰 두 손으로
무덤을 파야 한다
우리들의 세계는 그들이 보는 세계와
똑같을 필요가 없다고
흐느끼면서 그는
어둠 속에서 무덤을 파야 한다
우리들의 무덤을 파야 한다

딱한 얘기지만 특이한 얘기는 아니다

옆의 사람 뜯어먹고 사는 괴물한테 팔다리 다 뜯긴 팔자 사나운 여자가 어느 비오는 오후에 느닷없이 무엇이 굴러가는 소리를 듣습니다 그리고 그 소리에 구제되고 싶은 충동을 느낍니다 무엇이 굴러가는 소리는 동전이 굴러가는 소리 같았다가 그냥 굴러야 존재하는 굴렁쇠 굴러가는 소리 같았다가 오해로 얼룩져 비극으로 막을 내릴 우정 굴러가는 소리 같기도 했습니다 무엇이 굴러가는 소리가 너무 여러 소리로 가지를 뻗쳐 팔자 사나운 여자는 소리에 구제되고 싶은 충동을 억제했습니다 그리고 비가 그치면 굴러가는 소리도 그치리라 희망했습니다 그러나 팔자 사나운 여자에겐 희망은 언제나 잔인합니다 비는 쉽게 그칠 것 같지 않았습니다 가을비가 청승스럽게 내리고 있었으니깐요 귀를 막아도 소용없었습니다 그러다가 쉽게 죽는 죽음이 굴러가는 소리로 들렸을 때 팔자 사나운 여자는 뭉툭한 몸뚱이만 남은 몸에 돼지엄마네 마당에서 젖고 있는 멍석을 끌어다 입히고 쉽게 죽는 죽음이 굴러가는 소리를 따라 굴러가기 시작했습니다 팔다리 뜯긴 몸이라 팔다리 있는 몸보다 굴러가기가 한결 쉬웠습니다 옆의 사람 뜯어먹고 사는 괴물이 다 자기 덕이니 고마운 줄 알라고 뒤에서 큰소리치며 응원을 보냈습니다 비는 계속 내렸습니다 그리고 무엇이 굴러가는 소리도 계속 굴러갔습니다 끝이 없었습니다 그리고 출혈이 너무 심

했습니다 그래서 팔자 사나운 여자는 제 팔자에 웬 쉬운 죽
음이랴 싶어 돌아갈 생각으로 뒤를 돌아다보았습니다 그런
데 굴러온 길들이 다 지워지고 없었습니다

자정에 막다른 수로水路에 서면

자정에 내가 내 시포드집 뒤뜰 울타리에 젖은 턱을 올리면, 두어 개의 별이 반짝이든 안 반짝이든, 롱아일랜드 해협의 막다른 운하는 감옥이 되었다 물 속의 것들은, 생명이 있든 없든, 가엾게 죄수가 되었다 보트들은, 원하든 원하지 않든, 잔인한 간수가 되었다 개들은 기꺼이 간수들의 입에 문 호루라기로 변신하고 오리들은 야반도주를 음모하면서 내게 은밀한 눈빛을 주둥이의 놀림에 찍어 보냈다 달은, 초승달이든 만월이든, 내게 원망스러운 대상이었다 나는 기둥에 목을 대롱대롱 매다는 등燈들의 모습을 목격해야 했고, 나는 조개들이 제 무덤을 파헤치는 소리도, 밤새들이 꽃의 입술을 잡아뜯는 소리도 들어야 했다

그리고 내 데드엔드 캐널에, 내 숨통 터지는 캐널에, 바람이 제 분통을 트는 자정이면 야반의 감옥을 찾는 방문자들이 엄청 많았다.

속을 앗긴 빈 깡통도, 입맞춤에 발기한 담배꽁초도, 어느 이빨에 반쯤 뜯겨나간 불구의 과일도, 심술에 잔뜩 부풀은 빵도, 짝 잃은 신발도, 머리통 잃은 모자도, 절개 곧은 나뭇가지도, 버림당한 잎도, 수장水葬을 원하는 새의 시체도 방문자들 틈에 끼어 있었다 그들은 때로 속삭였고 때로 신음했고 때로 소리쳤다 애달픔은 곳곳에 묻혀 있었고 곳곳에서 씹히고 있었다 탈출은 언제나 토론의 주제가 되었다 회개는

공간 잃은 부제로 타락하고 원망은 언제나 내 의식의 사랑을 독차지했다 그러나 안개가 상황파악을 감당못해 창窓의 등도 부족해 내 등을 물고 늘어지는 자정엔 어느 위로도 광대짓에 불과해서 감옥을 빠져나가는 탈출범들이 많았다 오리들이, 갈매기들이, 달이, 별들이, 바람이, 약한 등불이, 그리고 내 내일이 어느 소리 하나 다치지 않고 사라져 갔다 너무 캄캄해 지면과 수면이 서로의 모습을 바꾸어 위험한 걸음을 떼어놓기가 정신적 간음보다 쉬웠다.

그 안개의 자정에 내가 내 시포드집 뒤뜰에 서면, 안개가 내 등을 물어뜯어 내 등이 뜯겨나가 그 속의 것들이 허물어져내리고 대신 불가항력의 그 아름다운 내 슬픔이 어디선가 벌컥 솟아올라 그 빈터로 들어가서, 내 가슴 움켜잡고 내 젖꼭지 핥아대면, 안개도 같이 내 가슴 움켜잡고 내 젖꼭지 핥아대면, 아, 내 발은 나를 떠나 내 주인이 되고, 나는 비로소 갈 길 걱정없는 종자從者가 되었다 그 오르가즘으로 울타리 따고, 아, 막다른 수로에 서면, 막다른 수로는 대양의 시작으로 서고, 옆집 기둥에 매달린 헝겊상어가 마침내 줄 끊고 물 속으로 뛰어들었다 그리고 나는 숨죽여 주인의 지시를 기다렸다 아, 내 주인도 날 물 속으로 뛰어들라 했다 헝겊상어처럼 뛰어들라 했다 아, 이렇게 모두의 우주가 아름다우니, 아, 이렇게 모두의 세상이 아름다우니, 아, 이렇게 내 인생이 아름다우니, 아, 이렇게 내 순간이 아름다우니, 아, 이렇게 조용하니, 아, 이렇게 만족하니, 아아, 나는 내 주인의 말에 복종하는 착한 종놈이 되어야 하리!

오빠가 죽인 내 까치

오빠가 죽인 내 까치가

변소 옆 감나무에 앉아 변소에서 우는 언니 울음같이 울어주다 오빠 새총에 사살당한 까치, 그때 7살이었던가 내가, 서럽게 울던 내가, 새의 시체 부여잡고 서럽게 서럽게 울어, 아아, 울어, 고아원 고아들이 무더기로 달려와 함께 울어,

조부가 직접 따고 깎아 말린 제삿상에 올릴 곶감도 마다하고 조모가 손에 쥐어주는 댕기도 마다하고 언니가 감꽃으로 꿴 하얀 목걸이도 마다하고 동생이 구워주는 제가 오십천에서 잡아 말린 은어도 마다하고 고아들이 내미는 미제 복숭아 깡통도 마다하고 공습경보가 내려도 방공호에 들어가는 것도 마다하고, 내 새가, 엄마 돌아온다는 기쁜 소식 알려줄 내 새가 죽었다고 살해당했다고 울고 울어 동네 남세스럽게 울고 울어

조부가 아뿔싸! 한탄하시며 먹을 갈아 비문을 쓰시고, 오빠가 저 미친 지지바! 욕하며 관을 짜고 조모가 내 설움에 관계없이 당신 설움에 통곡하시고 언니는 아껴뒀던 고운 헝겊 찢어 수의를 기웠다 장의행렬은 길었고 그때 8월의 태양이 뜨거웠었다

그 까치가

마지막 세포마저 어딘가에 이제는 눕겠다고
바다로 눕든 육지로 눕든 하다 못해 한 개의 점으로 눕든
눕겠다고
켄터키 늙은 숲 속의 버번 위스키 한 잔을 얼음 한 개 앵두
한 개 띄워 쟁반에 받쳐들고 발그스름한 얼굴로 두어 개의
욕구밖에 남아 있지 않은 내 두개골의 지친 문을 두드릴 때
더 이상 버틸 수 없다는 철이 들었을 때

흉측한 비곗덩어리 나체에 붙여놓은 낯선 얼굴 뜯어내고
그 옆에 엄지손가락 빨며 외롭게 뒹굴던 내 흉측한 얼굴 도
로 붙이려고 화롯불에 풀을 쑤고 있을 때
허무마저 허무하게 끝난 허무와의 마지막 입맞춤이 그나
마 애달프게 그리울 때

나를 데리러 왔다

겨울 들판에서 동사하고 겨울 들판에서 아사한 검은 새들
과 함께

나는 그들의 검은 깃을 손톱이 다 빠질 때까지 잡아뜯어
야 했다
검은 깃으로 내가 입고 누울 코트를 꿰매면서 내 손은 깃
에 찔려 붉게 젖었다
미처 못 부른 그들의 노래, 그 깃에 찔려

"검은 까마귀"의 노래
—— 이덕자의 시세계

장 석 주 ㅣ 시인 · 문학평론가

아, 내가 웃을 때 운 자여,

이제 내가 운다

그러니 웃으라

——「무제無題」

　시집을 읽는 방법은 여러 가지가 있는데, 그 중의 하나는 시집 속에서 시인이 만든 자아의 유력한 표상, 시적 아이콘을 찾아내는 것이다. 그것은 신비의 세계를 들여다보는 창이고, 그 형이상학의 세계로 들어가는 문이다. 아울러 그것은 연주를 위한 악보의 음표이고, 다양한 악상기호와도 같은 것이다.「노란 집에 나와 같이 살던 형」이라는 작품에 자아의 그 시적 표상이 나온다. 처음「노란 집에 나와 같이 살던 형」이라는 제목을 보고 갸우뚱했는데, 그것은 여성시인에게 '형'이 있을 리 없기 때문이다. 읽어보니, '형'은 동복형제를 지칭하는 말이 아니라 형벌이라는 뜻을 가진 '형刑'이다. 다시 읽어보니, '형'은 '형刑'과 동복형제라는 의미의 '형'이라는 두 겹의 의미를 품었다. '형'은 온다는 연락

161

도 없이 무작정 날 찾아오고, '나'는 형에게 맞서 저항을 하
거나 '형'에게 고마웠었다고 털어놓는다. 시인은 '형'이라
는 동음이의어의 중의重意를 이용해 말놀이를 하고 있다. 이
시의 "나는 헛간에 갇힌/ 생쥐로 농부가 바닥에 흘려놓은
겨울 가랑비의 음모를 핥으며 취해 울어야 하는가를"이라
는 구절에 "헛간에 갇힌 생쥐"라는 자아의 표상이 나온다.
생쥐는 시궁창을 헤매는 비루한 존재인데, 그 비루함은 겨
우 농부가 바닥에 흘려놓은 곡식들을 먹거나 훔쳐서 연명하
는 데서 불가피하게 드러난다. 헛간은 생쥐의 실존 공간이
면서 동시에 '형刑'을 사는 감옥이다. 시인은 자신을 "갇힌
생쥐", 즉 벌 받는 존재, '형刑'을 사는 존재라고 인식한다.
이 인식은 매우 굳건해서 또 다른 시편에서도 되풀이한다.

　　뇌 속에, 아직 내 절규의 메아리로 그의 위치를 알아내는,
　　　미로 속에 육신으로 살아 있는 널 잡아먹는 육식의 밤새로
　계속 변신해도
　　　아아, 거기 울컥울컥 토해진 사랑의 토사물로 끈끈이대나물
　꽃이 피어도
　　　벌받은, 썩은 짐승고기 영원히 먹는 검은 까마귀가 나이니
　　　뇌성마비로 잘못 걸어 들어가는 내 다리로
　　　나는 이미 배낭에 든 귀신의 울음이니 그리고 너는
　　　천마天魔산의 악귀로 변신하니 내게 살해를 꿈꾸게 만드니
　　　네가 더 추해지기 전에 내 손에 피를 묻히기 전에
　　　이제는 널 묻어야 할 것 같다

　　　　　　　　　　　　　　── 「기억의 시체를 붙들고」 중에서

시인의 하늘에 "기억의 시체"를 쪼아 먹는 "검은 까마귀"
가 날아오른다. 까마귀는 시체를 먹는 새로 널리 알려져 있
다. 대체적으로 부정적인 이미지로 낙인찍힌 이 까마귀는
전쟁, 죽음, 고립, 악, 불운의 상징물이다.[1] 이 시에서 "검은
까마귀"는 썩은 짐승고기를 먹고 "귀신의 울음"을 운다.
"검은 까마귀"는 벌받은 존재인데, 시인은 분명하게 자신이
"썩은 짐승고기 영원히 먹는 검은 까마귀가 나"라고 말한
다. 시인은 자신의 시적 표상으로 "생쥐"를 떠올리고, 무의
식적 아이콘으로 "검은 까마귀"를 상상한다. 시는 실존의
한계 상황에 갇힌 "생쥐"의 비명이고, "검은 까마귀"가 천
형에서 벗어나지 못한 채 내뱉는 울부짖음이다. 시인의 어
둡고 음산한 시편들에서 절망과 고독으로 찢겨진 자의식의
폭주를 확인하는 것은 어렵지 않다.

옆의 사람 뜯어먹고 사는 괴물한테 팔다리 다 뜯긴 팔자 사
나운 여자가 어느 비오는 오후에 느닷없이 무엇이 굴러가는 소
리를 듣습니다 그리고 그 소리에 구제되고 싶은 충동을 느낍니
다 무엇이 굴러가는 소리는 동전이 굴러가는 소리 같았다가 그
냥 굴러야 존재하는 굴렁쇠 굴러가는 소리 같았다가 오해로 얼
룩져 비극으로 막을 내릴 우정 굴러가는 소리 같기도 했습니다
무엇이 굴러가는 소리가 너무 여러 소리로 가지를 뻗쳐 팔자
사나운 여자는 소리에 구제되고 싶은 충동을 억제했습니다 그

---

1) 잭 트레시더, 『상징이야기』, 김병화 옮김, 도솔, 2007. 98쪽.

리고 비가 그치면 굴러가는 소리도 그치리라 희망했습니다 그
러나 팔자 사나운 여자에겐 희망은 언제나 잔인합니다 비는 쉽
게 그칠 것 같지 않았습니다 가을비가 청승스럽게 내리고 있었
으니깐요 귀를 막아도 소용없었습니다 그러다가 쉽게 죽는 죽
음이 굴러가는 소리로 들렸을 때 팔자 사나운 여자는 뭉툭한
몸뚱이만 남은 몸에 돼지엄마네 마당에서 젖고 있는 멍석을 끌
어다 입히고 쉽게 죽는 죽음이 굴러가는 소리를 따라 굴러가기
시작했습니다 팔다리 뜯긴 몸이라 팔다리 있는 몸보다 굴러가
기가 한결 쉬웠습니다 옆의 사람 뜯어먹고 사는 괴물이 다 자
기 덕이니 고마운 줄 알라고 뒤에서 큰소리치며 응원을 보냈습
니다 비는 계속 내렸습니다 그리고 무엇이 굴러가는 소리도 계
속 굴러갔습니다 끝이 없었습니다 그리고 출혈이 너무 심했습
니다 그래서 팔자 사나운 여자는 제 팔자에 웬 쉬운 죽음이랴
싶어 돌아갈 생각으로 뒤를 돌아다 보았습니다 그런데 굴러온
길들이 다 지워지고 없었습니다

　　　　　— 「딱한 얘기지만 특이한 얘기는 아니다」 전문

이 세계는 하늘과 땅, 산과 바다와 강, 그리고 남자와 여
자들, 아이들로만 이루어져 있지 않다. 낮과 밤이 교차하는
이 세계 속에서 새들은 날고, 짐승들은 달리고, 사람들은 먹
고 자고 걷는다. 하지만 그것은 이 세계가 보여주는 자명한
외관일 뿐이다. 좀더 깊이 파고들어야 이 외관 아래에 숨어
있는 심연과 만날 수 있다. 그 심연에는 죽음과 공허, 그리
고 영원히 끝나지 않는 침묵의 밤이 있다. 인간이란 이 깊고
영원히 계속될 침묵의 밤을 배경으로 잠깐 생겨났다가 사라

지는 덧없는 불꽃들이다. "삶이니 인간이니 하는 것들은 대지의 격렬한 소용돌이에서 생겨난 덧없는 불꽃들일 뿐이다."[2] 아마도 「딱한 얘기지만 특이한 얘기는 아니다」에 등장하는 괴물에게 제 팔다리를 다 뜯긴 이 팔자 사나운 여자에게 삶은 그저 위험한 도박이고, 죽어야만 끝나는 악몽이다. 이 잔혹 동화에서 "뭉툭한 몸뚱이만 남은 몸"은 "죽음이 굴러가는 소리를 따라" 굴러간다. 차라리 죽음은 삶의 부조리함과 공허함에서 '나'를 건져낸 행운이고 구원인 것이다.

이덕자의 시는 "옆의 사람 뜯어먹고 사는 괴물"들의 세계에서 "팔다리 다 뜯긴 팔자 사나운 여자"의 노래다. 이 팔자 사나운 여자는 고통과 맞서 싸우며 그것으로 제 내면을 정화하는 여자다. 더러는 고통들이 존재 본질 자체와 교감하게 하는 계기적 경험이기도 하다. 시집을 펼치면 달려드는 "우리는 울고 울어 이제 통곡의 벽으로 성장했으니 와서 편히 기대어 통곡하라"(「No Place」), "잔인한 무의미無意味를 수차 죽이려 했지만 그것들이 어디 죽어지는 존재들이던가!"(「고찰考察」), "내 천형은 죽어야 끝나니 나 그대에게 가고파도 가지 못한다"(「열쇠를 내게 준 사람에게」), "내게서 값나는 것은 내 비애뿐"(「내가 가진 단 하나의 밑천」), "그리고 오늘의 저 당물인 '고독'을 꺼내놓으며 그 대가로 죽음을 원한다"(「신神의 전당포」), "끝냅시다! 죽어 드릴까요? 이쁘게 이쁘게 죽

---

2) 니코스 카잔차키스, 『어두운 심연深淵에서』, 김문환 옮김, 현대사상사, 1975, 21쪽.

어 드릴까요? 비가 되어 하늘의 지저분한 구름들을 제거해
드릴까요? 범죄가 아닌 전쟁을 찾아 드릴까요? 광적인 숭배
로 안개 속의 가스등을 켜 드릴까요? 인식에 청춘을 바치다
목숨을 스스로 끊은 사람의 음습한 숲을 찾아가 당신의 경
멸을 대신 고백해 드릴까요? 여름 태양 밑의 저 부둣가 가오
리 날개를 부패하기 전에 잘라 회로 썰어 드릴까요?"(「광상
곡 B-flat miner」), "내 식탁에 가끔 누군가가 해골을 올려다 놓
는다"(「식탁에 내리는 비」), "가진 게 없어 생명을 저당잡힌 게
아니다 그 전당포는 그것만 받아줬다 너를 빌리려면—",
"시체와 고독이 공모한 도박장에서 너와 난 커피를 앞에 놓
고 앉았다"(「위험한 도박」), "삶은 우울증에 걸린 흉한 나체이
니"(「무제」)와 같은 구절들을 보라! 삶은 부조리와 무의미의
덩어리일 뿐이고, 고통과 우울증은 천형이다. 그것은 죽어
야만 끝난다. 이 여자의 식탁에는 해골이 올려지고, 이 여자
가 겪어내는 현실은 시체와 고독이 공모한 도박장에 지나지
않는다. 내면에 온갖 고통과 상처를 끌어안고 사는 이 여자
의 시는 "피와 살과 신경의 노래"[3]일 것이다.

여기가 어딘가 내가 어디에 누웠는가 꿈인가 압핀으로 어디
에 꽂혀 옴짝달싹할 수가 없다 오 저 깃 다 뜯긴 새는 무엇인가
왜 내 옆에 눕는가 입에 문 가새풀은 누구의 죽은 시체가 키운
욕정인가 엉? 그 나무의 정체가 뭐냐고? 나는 모른다 내 골 속
에 사는 그 나무의 정체를 나는 모른다 그러니 그 나무에 대해

---

3) 에밀 시오랑, 『해뜨기 전이 가장 어둡다』, 김정숙 옮김, 챕터하우스,
  2013, 10쪽.

날 고문하지 말라 그보다 깃 다 뜯긴 흉한 새야 왜 인간들이 고
깃덩이로 변신해 푸줏간의 창가에서 대롱거리는가 다 견뎌도
저 빨간 등들은 못 견디겠다

(그 나무는 너의 비극을 먹어야 산다)
──「고백」 전문

이덕자 시의 화자는 일찍이 실존은 속이 텅 빈 껍데기뿐
이고, 그 텅 빈 속을 채운 것은 불확실성과 공포, 헛된 갈망
과 부조리함뿐이라는 걸 알았다. 이런 앎의 바탕에서 "내
가슴 속에서 이는 이 멜랑콜리는 내 자업자득이리라"(「당신
의 신화」)는 고백이 나온다. 시인은 「당신의 신화」에서 "당신
은 행복하지 않다"고 말한다. 당신은 누구인가? 시인 자신
인가, 아니면 신인가? 시인이 당신이 행복하지 않은 이유에
대해 "내 운명에 빌붙어 사는 헤아릴 수 없이 많은 저 불행
들에게 물어보라"고 권유하는 걸 보면 그것은 '나' 라는 피
조물을 지은 신이라고 추측할 수 있겠다. 불행한 자를 피조
물로 만들었으니, 그 신이 행복할 리가 없다. 아침에 세상
밖으로 나가려고 문을 열 때 "무의미들이 기다렸다는 듯 달
겨들듯 당신에게 인사를 한다"고 말한다. 어쨌든 '나' 는
"압핀에 꽂혀 옴짝달싹할 수가 없"는 존재다. 이 존재를 부
조리와 무의미의 바닥에 고착시킨 압핀 때문에 인간은 죽지
도 살지도 못한다. 이 존재는 절망을 포식하며 뚱뚱하게 살
찐 공허다. 그 삶이란 "깃 다 뜯긴 새" 일 것이고, 그 새의 입
에 물린 "가새풀" 일 것이다. 시인은 그 "가새풀" 에 대해 "누

구의 죽은 시체가 키운 욕정인가?"라고 묻는다. 시의 서정적 주체의 골 속에는 나무가 자란다. 그러나 시인은 그 나무의 정체가 무엇인지를 모른다고 고백한다. 우리는 타자의 비극, 타자의 불행을 먹어야만 자라는 나무다.

시의 화자는 "신의 전당포"에서 "당신이 건네주는 '누구나 외롭다'의 지폐를 세며 당신의 가게를 나온다"(「신의 전당포」). 신은 인색한 고리대금업자이고, 무책임한 조물주이며, 생명을 주었다가 뺏어가는 냉혈의 킬러다. "넌 모른다, 아니 몰라야 한다 왜 이곳에선 검은 그림자들이 서로의 혀를 핥는지, 왜 이곳에선 꽃이 피다가 도중에 실신失身하는지 그리고 실신失信하고 실신失神하는지. 그래서 요절夭折하는지./ 허나 물어도 소용없다. 하얀 가운을 걸친 하얀 신神들은 냉각제로 제품화된 지 오래다"(「Parkland Blues」). 실신失身, 실신失信, 실신失神같이 동음이의어를 한 행에 배열한 이 시에서 우리는 신을 잃어버린 시대의 실존에 대한 시인의 사유가 어떤 방향을 취하고 있는지를 이해한다. 우리는 신을 잃어버린 것이 아니라 애초에 신은 없었는지도 모른다. 죽음이 존재한다는 게 증거다. 삶이 '있음'이라면 죽음은 '없음'이다. 죽음은 '없음'의 입을 벌려 모든 '있음'을 삼켜버린다. 죽음은 곧 삶의 부정이다. "죽음은 '없음' 결국 삶을 누르고 승리한다는 것을 보여주면서 없음을 향하는 도정을 현재화한다."⁴⁾ 죽음이 있는 한 삶은 부조리하고, 그 부조리함이 있는 한 신은 존재할 수도, 존재해서도 안 된다.

내 천형은 죽어야 끝나니 나 그대에게 가고파도 가지 못한다

가슴을 꺼내 보낸들 다 타버려 재밖에 없으니

가는 도중 어느 새의 날개에 묻혀 그대에게 날아간다 한들

아마도 분열하기 시작하는 당신 소망의 틈새에게 쉽게 거절
을 당하리

아, 4월만 오면, 계절의 웃물에 뜬 찌끼를 거두어 내 의기소침
의

얼굴을 단장시켜 날 기다림으로 위협하는 죽음을 감추고

당신이 쥐어준 열쇠를 꼭 쥐고 그대의 문전에 서는 꿈을

수없이 연습했었다

당신의 젊은 날의 고해성사처럼 반복했었다

Bless me, father, for I have sinned……

아아, 그대에게 가고프다

죽어서라도 그대에게 갈 수 없음은 내 천형은

내 손으로 죽지 못하기 때문이다 죽음을 기다려야 한다

그 기다림에 내 목을 수차 매달았었다 기다리다 죽은 혼들과

붉은 토마토 수프도 흐느끼며 훌쩍거렸었다

아, 그 기다림의 장소는, 하얗게 센 머리카락들이 다스리는
장소다

살려고 너무 버둥거리는 자도 보기 흉하게 만들고

죽으려고 너무 버둥거리는 자도 보기 흉하게 만든다

냉소라는 범죄가 또한 서식하는 장소로 패랭이꽃도 감히 피
지 못한다

---

4) 에밀 시오랑, 앞의 책, 45쪽.

그리고 빵이나 밥을 먹여선 한 발자국도 기다림을 못 움직
이게 한다

열정없인 모든 게 부패한다

아아, 그대에게 가고프다 당신이 내게 준 이 열쇠로 당신의
문을

너무 늦기 전에 따고 싶다 내가 이렇게 내 천형을 모범수로
치르고

있어도, 그대를 만나보는 게 내 마지막 처절한 소원이어도,

나는 안다

아, 4월은 그대로 애닯게 가고 나는 그대를 만날 수가 없
고……

먼저 가지 말고 내 천형이 끝나는 날까지 기다려 달라

아아, 죽어서 그대에게 갈 테니, 그대가 쥐어준 열쇠로 그대
방문을

딸 테니, 그때 그대여, 죽어 달라, 그리고 같이 가자!

— 「열쇠를 내게 준 사람에게」 전문

인간이 살과 뼈, 피와 땀으로 이루어진 자루에 불과하다
면, 죽음은 이 모든 것들을 자루 밖으로 주르르 쏟아버리는
것이다. 인간에 대해 날카롭게 통찰한 한 작가는 이렇게 썼
다. "일찍이 나는 하나의 어두운 지점, 곧 자궁(womb)에서
벗어나와 이제 또 하나의 어두운 지점, 곧 무덤(tomb)으로 나
아간다."[5] 사람은 누구나 자궁에서 나와 무덤으로 나아간
다. 누가 이 생물학적 진실을 부정할 수 있는가? 누가 이 천
형을 피할 수 있는가? 똑똑한 사람이거나 그렇지 않은 사람

이거나 모두 죽음을 향해 걸어간다. "산다는 것은 죽어가는 고통의 연장이고 죽음을 향한 길이라는 것은 존재의 저주받을 변증법, 즉 파괴로부터 새로운 형태가 잉태된다는 사실을 표현하고 있다."[6] 우리는 죽음이 삶에 내재된 부조리라는 사실을 인식하면서도 스스로 죽지 못한다. 죽어야만 비로소 이 천형은 끝나는데, 대부분의 사람들은 그럴 만한 용기가 없다. 시인은 "내 손으로 죽지 못하기 때문이다 죽음을 기다려야 한다/ 그 기다림에 내 목을 수차 매달았었다 기다리다 죽은 혼들과/ 붉은 토마토 수프도 흐느끼며 훌쩍거렸었다"라고 적는다.

내가 읽은 것들 중에서 시인 이덕자가 보여주는 깊고 깊은 비극적 허무주의는 오로지 루마니아 출신의 철학자 에밀 시오랑(Emil Michel Cioran 1911~1995)의 그것들과 견줄 만하다. "삶이 내게 주는 모든 것 때문에, 죽음에 대한 생각 때문에 나는 폭발할 것 같다. 외로움 때문에, 사랑 때문에, 증오 때문에, 이 세상의 모든 것 때문에 죽을 것만 같다. 내게 닥치는 일들은 나를 곧 터질 것만 같은 풍선처럼 확장시킨다. 이 극단적인 순간에 나는 공허 속으로 빠져든다. 모든 경계 너머로, 빛의 가장자리로, 미친 듯 팽창하다가 어둠에서 빛이 떨어져 나오는 그 극점에 도달하게 되면, 난폭한 소용돌이는 공허 속으로 곧장 빠지게 한다. 인생에는 충만함과 공허함 그리고 기쁨과 우울함이 있다. 우리를 터무니없이 탈진

---

5) 니코스 카잔차키스, 앞의 책, 20쪽.

6) 에밀 시오랑, 앞의 책, 42쪽.

시키는 혼란 앞에서 우리는 대체 무엇이란 말인가? 그 혼란
은 한 인간을 처참하게 파괴하는 폭발처럼 너무나 강하고
불균형해서 자신 안에서 삶이 무너지는 것을 느끼게 한다.
삶의 극단에서는 삶이 우리에게서 빠져나가는 것을 느낀
다. 자아란 환상일 뿐이고, 정해진 리듬을 깨뜨리는, 통제할
수 없는 힘이 우리의 안에 들끓는다는 것을 느낀다. 그 순간
에는 모든 것이 죽음의 구실이 된다. 존재하는 것 그리고 존
재하지 않는 것으로 인하여 죽는다. 그리고 그때 모든 경험
은 없음 속으로 함몰된다. 일일이 체험하지 않더라도 그 본
질에 닿으면 되는 것이다. 외로움으로, 절망으로, 사랑으로
죽어간다고 느끼는 이상, 나머지 감정들은 우울한 행렬을
늘이는 것뿐이다."7) 시인 이덕자와 철학자 에밀 시오랑은
닮아 있다. 시오랑은 고통의 사제, 절망의 수도사, 무의미의
충직한 사도인데, 이것은 시인 이덕자가 쓰고 있는 가시풀
관이기도 하다. 에밀 시오랑에게 삶이 의미 있는 것은 오로
지 그것이 죽음의 가능성 아래에 있을 때뿐이다. 죽음의 가
능성 위에 삶을 세우고, 그 절망을 동력 삼아 자의식의 폭주
를 즐긴다는 점에서 두 사람은 쌍둥이와 같이 닮아 있다. 에
밀 시오랑이 그랬듯이 시인 이덕자 역시 절망의 극단에서
삶을 희롱하고 죽음을 갖고 논다. 어쩌면 이덕자의 시들은
에밀 시오랑의 염세주의 철학을 매우 섬세하게 시적 번안을
하고 있다는 느낌을 갖게 한다.

---

7) 에밀 시오랑, 앞의 책, 14~15쪽.

이덕자의 시는 대지의 노래이고, 찢긴 넋들과 그 핏속에서 도약하는 절망의 광상곡狂想曲이며, 혼돈 속에서 부르짖는 구원을 갈구하는 외침이고, 어디에도 그 자취를 찾을 수 없는 신神께 바치는 탄원서歎願書이며, 삶의 부조리함 때문에 목졸려 죽은 영혼들을 달래는 위령곡慰靈曲, 즉 레퀴엠(requiem)이다. 그것이 레퀴엠이기 때문에 비극의 짙은 정조가 깔리는 것은 당연한 듯 보인다. 그의 시구들은 근래 우리 시에서 도무지 찾아볼 수 없을 정도로 장중하고 처절하고 음산하다. 직정적直情的으로 터져 나오는 비탄, 절망, 저주, 시체, 해골, 고독, 비극으로 점철된 이 시구들은 시인의 골수에서 울려나오는 소리들이다. 몸통에서 분리된 살과 뼈, 그리고 시체와 해골들이 즐비한 이덕자의 시들은 미적 관조로 잘 빚어진 시들이 아니라, 실존의 본질을 직시하며 일궈낸 저주와 죽음의 노래들이다. "나는 안타까움을 못이겨 무언가를 죽여야 했다/ 그리고 그 시체를 햇빛 들지 않는 깊숙한 내 골[腦] 속의 밭에 심었다/ 그리고 앵두빛으로 빨간 살갖의 꽃이 피기를 원했다"(「소망所望」)에 따르면, 시의 화자는 무언가를 죽이고, 그 시체를 제 골 속의 밭에 심었다. 먼 뒷날 그 시신에서 피어나는 "빨간 살갖의 꽃"이 바로 시인 것이다. 그것은 "결국/ 내 눈이 빠지고/ 내 귀가 떨어져 나가고/ 내 입이 막히자/ 그제서야/ 누가 내 식탁에 해골을 올려놓는지/ 그리고 해골이 누구인지/ 나는 안다"(「식탁에 내리는 비」)는 구절이 나오는 해골의 시고, "인생의 길이를 정확히 아는 사람들이 이 세상에 몇 있을까? 잔인해도 먼저 상대방을 올려놓아야 위로의 철학을 탐구하지 않겠는가?"(「커피에

게 바치는 나의 연서」)에 암시된 위로의 철학을 탐구하는 방법
론이다. 독일 소설가 장 파울은 유머를 '뒤집어진 숭고'라
고 했다.[8] 이덕자의 시들은 이 '뒤집어진 숭고'를, 즉 웃음
과 농담을 심각하게 다시 한번 뒤집는다. 삶이 잔인한 희극
戲劇임을 보여주기 위해서. 삶과 죽음에 대한 이 블랙 유머
의 시들을 읽고 웃을 자는 누구인가?

---

8) 알프레드 브렌델, 『피아노를 듣는 시간』, 홍은정 옮김, 한스미디어,
   2013, 76쪽.

□ 감사의 말 | 이덕자

이 시집이 태어나는 데는 많은 산고가 따랐다. 사생아가 될 수도 있었다.

그런데 그 가녀린 숨결에, "왔어요, 왔어, 당신의 시가. 나는 워낙 시를 이해하는 도구를 못 가진 터라 그냥 눈 딱 감고 시에 뛰어드는 수밖에 없었어. 그랬더니 이런 느낌이 들었어. 오탁한 현실을 두 발로 꽉 짚고 선 시인의 연상은 한없이 펼쳐져 가면서 범상치 않은 imageries를 그리고 있는 거야. 그것을 좇으면서 끝까지 가면 가슴을 꽝 치는 것이 있는데 그것은 다름 아닌 시인의 영혼인 거야. 그 무게는 납처럼 무거운 타력으로 정신이 번쩍 나게 만들어. 소설을 읽고 이런 느낌을 가진 적은 없었어. 참 신기한 경험을 했어. 고마워."라고 작가이자 번역가이신 나영균 교수님께서 생명의 입김을 불어넣어 주셨다.

그 고마운 말씀에 힘입어, 내게 시가 무엇인가를 가르쳐 주신 이어령 교수님께, 가녀린 숨결의 태아를 살려달라고 간청했었다. 교수님은 miracle worker이셔서 이 시집을 문학세계사의 김종해 (전 한국시인협회 회장) 주간님과 김요일 시인님의 든든한 손에 맡겨주셨다.

그리고, 시의 해설을 맡아주신 시인이며 문학평론가인 장석주 선생님께도 고마운 마음을 전한다. 이 모든 분들의 과분한 사랑과 은혜로 이 시집이 태어나게 되었다.

내게 고통을 주셔서 내 영혼의 목청에 노래를 담을 수 있는 자비를 베푸신 신神께 감사드린다.

이덕자 시인의 약력

1947년 강릉에서 출생, 강릉여고와 이화여대 국문과 및 동대학원 졸업.
미국 하프스트라 대학원에서 영문학 수학.
율곡제 백일장 시 장원, 시로 이대, 연대, 경희대, 동국대, 서라벌예대 등
총장상을 수상했으며, 문교부장관상, 도지사상 등 다수 수상.
동아일보 신춘문예를 통해 동화「발이 큰 아이」당선,
여성동아에 장편소설「나팔수」당선,
MBC 아침드라마 〈나팔꽃〉을 집필했다.
장편소설집『나팔수』『햇귀』『어둔하늘 어둔새』『나팔수 2』『나비사랑』
『사우』『찔레꽃 사랑』『종이광대』『하얀태양』(상·하)『소리치는 바다』
『달라스 블루』등과, 동화집『장아의 빨간 안장』이 있다.
1974년 도미, 현재 워싱턴 D. C. 근교 버지니아 Ashburn에 거주.

신의 전당포
이덕자 시집

초판 1쇄 발행일   2013년 7월 17일

지은이 · 이덕자
펴낸이 · 김종해
펴낸곳 · 문학세계사
주소 · 서울시 마포구 신수로 59-1(121-110)
대표전화 · 02-702-1800   팩시밀리 · 02-702-0084
이메일 · mail@msp21.co.kr
홈페이지 · www.msp21.co.kr
출판등록 · 제21-108호(1979.5.16)

값 10,000원
ISBN 978-89-7075-568-7   03810
ⓒ 이덕자, 2013